Y

Ⓒ

$\overline{Y}e$

25887

LES DEUX HÉLÈNE

(Épisode de 1870).

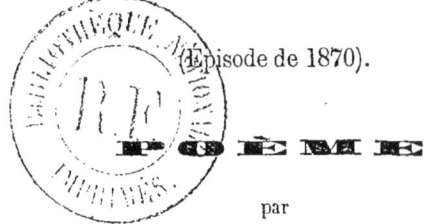

POÈME

par

J. M. LE CONDAMNÉ

❧

Prélude.

Aujourd'hui je saisis un instrument énorme
Qui m'est peu familier, tant de son que de forme.
Il le faut ; les combats grondent de toutes parts ;
Les chevaux ont traîné du fer sur les remparts ;
Les citoyens, armés, apprennent sur la place
La charge en douze temps, la nuit seule les chasse ;
Tout le monde est guerrier, bruyant, surexcité.....
Ah ! qu'il est loin d'ici, le temps où j'ai chanté
La mer, l'eau du ruisseau, les bois, les fleurs, la femme !
Où je faisais tremper quelque timide rame.

6322.   Toulon, Imp. et lit. F. Robert

Dans l'azur endormi, quand l'amoureux chantait.
Hélas ! c'est de ce temps qu'on peut dire : il était !
Les accents langoureux de la molle romance
Se sont tus sous le bruit d'une chanson immense :
La Marseillaise ! elle a gagné toutes les voix.
C'est pour cela, qu'un luth tendre et simple, autrefois,
Veut monter ses accords jusqu'aux fureurs des hommes.
Je chante les combats et leurs funestes sommes
De désolation, de misère et de mort !
Et pourtant que penser de ce bizarre sort !
Le sang qui coule à flots sur un champs de bataille,
Est le même qui bout dans les cœurs — mord et taille !
— Le feu, les cris, le fer, la charge, le tambour....
O grand jour du combat ! inoubliable jour !...
Le drapeau tout criblé, noir de poudre... la foule
Nous regardant passer comme un fleuve qui coule...
C'est beau ! la guerre aura sans cesse des soldats.
Qui donc eut jamais peur au milieu des combats !
La fatigue, le sang répandu, la mort même,
La mort, vue à deux pas, sur cette viande blême
Qui s'entasse et gémit, ne fait pas reculer.
Mais, l'ivresse s'éteint ; il faut enfin parler
De ces fils immolés à ces mères qui prient,
Il faut bien dire un mot à ces enfants qui crient :
« Maman, quand donc papa reviendra-t-il ? » et puis,
Ces fermes où les pieds ont enfoncé les huis ;
Ces champs où les canons ont creusé des ornières ;
Ces murs devenus forts et ces eaux cimetières ;

Tout cela reste, hélas ! et la colère fuit.
Je chante les combats et l'horreur qui les suit :
Car, l'azur de nos cieux roule foudre sur foudre.
Et l'air crève, gonflé de l'odeur de la poudre.
Je chante les combats, les fiers sabres brandis,
Mais tout en les chantant, hommes, je les maudis !

Chant Premier.

Le Départ.

Toulon vit naître Armand le vaillant capitaine.
C'est à Toulon, qu'il vit un jour passer Hélène,
Que son cœur s'en éprit et qu'il en fut aimé.
La terre, jadis sombre, eut un phare allumé.
Depuis plus de cinq mois, Hélène était sa femme.
Depuis plus de cinq mois, ils ne faisaient qu'une âme,
Elle, son père et lui. — Vers le bord de la mer,
Dans une maisonnette au beau portail de fer,
Ils vivaient tous les trois dans l'amour et la joie.
Hélas ! — Hélène un jour, debout devant la soie
Qui tamise l'azur dans son coquet salon,
L'écarte doucement, d'un doigt distrait, selon
L'habitude des gens dont l'esprit court les nues.
La vitre, alors, laissa voir les vagues tordues

Qui blanchissaient leurs fronts sous un souffle du Nord.
Hélène regardait crever chaque onde au bord,
Mais sans voir ; une idée enchaînait tout son être ;
Et lorsque la pendule apprit l'heure du maître,
Son front resta penché, son regard soucieux.

Armand rentrait chez lui tristement sérieux.
Quand il eut reconnu le seuil de sa demeure,
Il fit effort ; voyons, ce chagrin là, qu'il meure !
Il entre doucement, retenant son talon,
On n'avait pas fermé la porte du salon,
Et baise sur le cou la pensive statue.
— Ah! c'est toi ? qu'elle peur ! — C'est moi ma belle émue.
Je viens ... devine d'où ? de chez le Général.
— Tu pars? — oui — j'y pensais — c'est un ordre fatal !...
Le Ministre peut seul juger de l'occurence ...
Je suis soldat français, je me dois à la France ...
Il le faut... c'est fini... mais va, je reviendrai
T'apporter les rubans que là bas j'obtiendrai.
Ayons espoir... qui sait ! la fortune me même...

Hélène s'efforçait de maîtriser sa peine,
Un sourire à sa bouche elle l'eut payé cher !
Elle aimait son Armand comme un astre la mer.
Mais son cœur fléchissait sous sa volonté ferme ;
Elle sentait les pleurs se rapprocher du terme

LES DEUX HÉLÈNE

(Épisode de 1870).

par

J. M. LE CONDAMNÉ

6322. Toulon, Imp. et lith. F. ROBERT.

Où le mouchoir les cueille en perles sous les yeux.
Elle ne disait rien, la pauvrette, aimant mieux
Se taire que de voir se fondre tout son être.
Armand tordait sa barbe, et, près de la fenêtre,
Il allait et venait; le sourire avait fui.
Ce silence pesait sur son cœur; c'est pour lui !
Pour lui qu'ainsi l'on souffre ! Il s'approche, il se baisse;
La bouche est sur la bouche, et, mouillant la caresse,

Les pleurs de tous les deux coulent.

Le lendemain,

Toulon se réveillait sous un soleil hautain.

Bien que novembre fût, depuis une semaine,

Notre hôte, il faisait beau, la voûte était sereine.

Le soleil lui doit bien cela de temps en temps;

Ils en sont si joyeux, les frileux habitants!

Et cela fait si bien sur la rade azurée

Et sur le vieux Faron, tête demesurée,

Qui porte sur son front assez de trous béants

Pour broyer d'un éclair des milliers de géants.

Il soleillait. Un bruit comme il en sort des ruches,

Quand les abeilles vont boire aux célestes cruches,

Venait d'une caserne où couchaient cent guerriers.

Ce sont cent Toulonnais qui veulent des lauriers.

Ils partent dans une heure; et les sœurs, et les mères,

Cherchent, sous leurs nouveaux habits, les fils, les frères.

Ils partent; quel sujet de légitime orgueil!

Et de douleur aussi! L'humble pierre du seuil

A reçu quelques pleurs dérobés à grand'peine.

On appelle les noms. D'une voix ferme et pleine,

Ils répondent : « présent » ! ces guerriers de vingt jours.

Les voilà, gracieux, sous leurs riches atours.

Riches, ma foi! béret comme en fournit l'Espagne,

Vareuse à capuchon, excellente en campagne,

Et foncée en couleur, afin que, dans la nuit,
L'homme isolé s'efface à l'œil qui le poursuit.
Un pantalon gris-fer, à bande rouge étroite,
Et des guêtres de cuir où le mollet s'emboîte.
Vienne le froid aigu maintenant, et surtout,
Viennent les ennemis! ils en viendront à bout
Car, ils sont tous vaillants et forts, les volontaires!
La foule se complaît à voir leurs traits sévères,
Leurs armes, leur costume infiniment coquet,
Et s'applaudit tout bas que l'on ait si bien fait.
Il ne leur manque rien? Voyons — la couverture
Qui les fera dormir sous la bise âpre et dure;
Le bidon plein, la pipe et la blague au bouton,
La tente-abri, la corde autour de son bâton,
C'est bien. — Par le flanc droit — pas accéléré — marche!
La musique leur joue une splendide marche.
Et les jeunes guerriers vont légers. Le soleil,
Comme un baiser de mère à son bébé vermeil,
Caressait les fusils qui jetaient des lumières.
Ils chantaient en marchant plusieurs chansons guerrières.
Ils entrent dans la gare; ils sont bientôt placés.
Guerre! voilà par toi cent hommes enlacés!
Cent visages émus qui s'efforcent de rire
Et que l'eau de leurs yeux empêcherait de lire.....
Et la foule leur fait des signes de la main.

Pendant ce bruit confus, presque à l'avant du train,

Une tête sortait, triste, d'une portière.

Un homme âgé, vêtu d'une simple manière
Lui parlait, appuyé sur le bord ; près de lui,
Une femme, hier rose, et pâlie aujourd'hui,
Etouffait des sanglots tout inondés de larmes.
Le vieillard disait, bas : — Que dans le bruit des armes,
Armand, le souvenir s'attache à votre esprit.
Le passé, pour vous deux, c'est un œil qui sourit.
Ouvrez souvent votre âme et puisez-y pour elle,
Pauvre fille ! — Soudain, le sifflet leur rappelle
Qu'il faut se séparer; quel serrement profond !
Hélène, sur la marche en bois, monte d'un bond ;
Elle étreint son Armand... et lui, dans sa moustache,
Sent frissonner de l'eau qui roule ou qui se cache.
Le vieillard lui tenait la main et la serrait.
Mais, la vapeur jaillit; et l'orchestre, tout prêt,
Dit le *Chant du départ*. Toutes les voix s'élèvent.
Un tumulte, des cris que les gestes achèvent.
Ceux qui restent, de loin font flotter leurs mouchoirs;
Ceux qui partent, saluent avec leurs bérets noirs.
Le train bruyant s'engouffre en un trou large et sombre,
Puis, rien; le souvenir, le tressaillement, l'ombre.

LES DEUX HÉLÈNE

(Épisode de 1870).

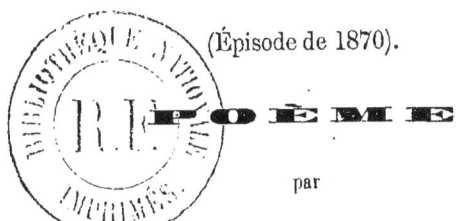

POÈME

par

J. M. LE CONDAMNÉ

CHANT DEUXIÈME

La Chanson d'Hélène.

Le train courait toujours sur ses bandes de fer.
Et roule, et roule encor ! — on avait vu la mer
Toute vaste, s'enfuir, se montrer, disparaître...
Marseille la fiévreuse, infidèle à son maître,
Avait barré le ciel des mâts de ses vaisseaux,
Et jeté dans les airs, comme d'obscurs oiseaux,

Les bruits de sa discorde. On avait, sans réserve,
Admiré d'Avignon l'enceinte qu'on conserve.
On avait vu Valence, et Vienne, et puis Lyon ;
Il faisait nuit alors ; malgré l'attention,
L'obscurité cachait à l'œil, même la voie.
L'air était froid ; c'est dur, pour-ces hommes qu'envoie
La caline Provence, aux cieux toujours riants.
Ils tremblaient.

            Cependant, des nuages fuyants,
Se fondirent soudain en gouttes condensées
Qui, tombant sur la vitre, y pleuraient, écrasées.
Les toits en fer du train, semblaient être livrés
A la rage des eaux, dont les coups sont serrés.
Mille marteaux, frappant dans la même minute,
Eussent moins fait de bruit que ce long fleuve en chute.
Dans les compartiments, les lampes des plafonds
Jetaient de faibles feux sur d'immobiles fronts.
Beaucoup dormaient, bercés peut-être de doux songes ;
Auront-ils dans huit jours ces consolants mensonges ?...
D'autres fumaient, afin de remplir cette nuit,
Où chaque tour de roue au péril les conduit.

La mort ! disait Armand, seul avec sa pensée,
Oh ! non ; j'ai dans mon âme une soif insensée
Que je veux étancher aux ruisseaux des destins.
Non, je ne mourrai pas, sans que les plus lointains

De nos bourgs n'aient appris le nom dont on m'appelle.

Ma gloire ! que le monde, en l'exaltant, l'épèle !

Que le canon la dise aux monts de notre sol :

Vosges, Alpes, rochers qui cachez l'Espagnol,

Vos échos, réveillés par la voix de la guerre,

Diront le nom d'Armand, qu'hélas ! on ne sait guère.

La gloire ! que peut-on envier de plus beau !

Alors que ma dépouille aura fait d'un corbeau

Quelques sanglants repas —banquet dans l'ombre noire. —

Si je suis mort sans nom, vivrai-je dans l'histoire ?

— Dans cet état d'esprit, la nuit, le mouvement,

L'endormirent ; pour lui, le rêve fut charmant :

Il était général !

Depuis de longues heures

Ils roulaient, s'éloignant de leurs chères demeures.

Le sifflet retentit ; Nevers montrait ses toits.

L'eau ruisselait toujours, grondante, par endroits.

Orléans chante et crie ; Orléans est en fête

Pendant que Von Der Tann calcule sa défaite.

Depuis trois jours, on marche, on chante en liberté ;

On est Français encor dans la vieille cité.

Le peuple, déchargé d'une si grande honte,

Pousse des cris de joie, et chacun se raconte

Comment les Prussiens maudits furent vaincus.

Nos soldats sont partout fêtés et bienvenus.

Le nom du général est sur toutes les lèvres,
On le proclame preux dans d'indicibles fièvres.
L'on va, l'on vient, joyeux, du carrefour bruyant
A la place en émoi ; mais, la nuit va fuyant ;
Malgré ce fier triomphe et l'ivresse qu'il donne,
L'inflexible clocher, antique et noir, résonne.
Onze coups sont entrés dans l'air froid, le pavé
Trahit de rares pas, le calme est arrivé.

Dans une étroite rue où le silence règne,
Un homme, enveloppé comme une antique duègne,
Marche à pas lents, le froid saisit vite pourtant !
Soudain, penchant la tête, il s'arrête, écoutant...
D'une large fenêtre close, à trois pieds de terre,
Une voix s'échappait vibrante, douce, austère.
Et l'auditeur ravi, fasciné, modelé,
Entendit ce motif puissamment modulé :

La Patrie est le sol dont les fruits vous nourrissent,
      Arrosés par vos fronts.
Le logis où, le soir, quand les âtres rougissent,
La mère attend le fils avec des yeux profonds.

La Patrie est le coin où, quand mai reverdoie,
      Vous rêvez amoureux.
Où, tenant vos enfants qui bégayent leur joie,
Vous dites doucement : là, je fus bien heureux !

LES DEUX HÉLÈNE

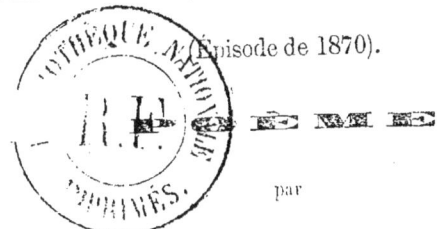

(Épisode de 1870).

par

J. M. LE CONDAMNÉ

C'est l'armée où jadis vous aviez une place,
  Par là bas, loin d'ici ;
Dont toujours vous avez un peu suivi la trace,
Prenant du vieux Drapeau, malgré vous, le souci.

La Patrie est encor ces doux riens qui murmurent,
  Attendris ou riants,
Aux chemins que vos pieds autrefois parcoururent.
Et le cœur se souvient de ces hôtes fuyants !

C'est la ferme commune où germent nos semailles,
Veillez bien, ô fermiers !
Si, le soir, un œil fauve est vu dans les broussailles,
Laissez vos habits pleins et vides vos sommiers.

Aux fusils, aujourd'hui ! le loup est dans l'étable,
Il mordra vos troupeaux.
Aux fusils ! je vous dis, levez-vous donc de table
Garçons, maîtres aussi, renvoyez vos propos.

Si demain, dans la cour de votre riche ferme
L'ennemi ne gît pas,
L'œil immense de Dieu sur votre champ se ferme,
Et la misère sombre y promène ses pas.

L'auditeur s'était mis tout contre la fenêtre
Et semblait enchaîné par la voix de ce maître.
Qui l'émeut ? le sujet, la musique ou la voix ?

« Ta fortune est en train. C'est fort joli, tu dois
Etre fière d'avoir écrit ces belles notes;
Tu vas sentir pousser des ailes à tes bottes »
Ainsi disait la mère, assise en un fauteuil,
Et la fille au piano savourait son orgueil.
— Moque-toi bien maman, le beau rôle me reste —
Dix fois, la ritournelle avait sous sa main leste

Jeté tous ces accords prompts ou majestueux ;

Elle chantait encor, trouvant voluptueux

De s'élever au ciel du triomphe soi-même,

Sur un char de sa main qu'on dirige et qu'on aime.

Mais, Madame Brigitte — une servante — entra

Et dit, toute troublée : on nous massacrera !

Un voleur vous écoute au moins depuis une heure.

Il veut connaître à fond les us de la demeure.

Par ces temps, Sainte-Vierge ! il faut tout redouter.

— Permets-moi, dit la fille en riant, de douter.

Va le chercher... va donc !... je suis sûre qu'il chante.

C'est quelque baryton que ma musique enchante,

Je ne suis pas fâchée... il écoutait !... pour Dieu !

Va donc ! — et la servante, en bougonnant un peu,

Sortit puis conduisit un jeune militaire.

— Vous êtes amateur ? dit l'enfant volontaire.

Pourtant, un peu de honte émergea cette fois

Sur sa belle figure — avec pareille voix,

Madame, il répondit, l'on plaît à toute oreille.

Mon instinct musical, si peu qu'il soit, s'éveille

Quand on lui dit si bien un si noble devoir.

Mon cœur n'a pas besoin des fleurs de ce savoir

Au moment où je pars pour combattre à la Loire.

Je me lève de table ! et j'en veux tirer gloire.

Sauvons notre Patrie ! avec nous Dieu combat !

Non, jamais je ne fus si fier d'être soldat.

Oh ! — Monsieur, quel mépris pour ces nouveaux barbares!

Eux qui disaient : « le Nord peut vous prêter des phares »

— Ils paieront cher la peur qu'ils vous ont faite ici.
— Si je pouvais être homme ! — il vous sied mieux ainsi,
Car, vous êtes plus forte avec un de vos gestes,
Madame, que cent bras. La gloire a peu de restes
Quand vous en avez pris tout ce qui vient de vous.
Un mot nous est si cher, un regard est si doux,
Que pour les obtenir nous donnons notre vie.
D'être un jour glorieux, qui nous donne l'envie ?
C'est la femme, qui dit en un coin du salon :
« Oui, c'est lui, le voilà ! je l'ai vu chez Billon »
L'histoire est éloignée et quelquefois ingrate.
— Ainsi sait-il trouver, cet hôte, un mot qui flatte.
Il fut galant d'abord, ensuite, il fut charmant,
Car, il possédait l'art de parler tendrement.
L'inconnu, qu'on charmait à travers la fenêtre,
Savourait maintenant plus de clartés peut-être
Que bien des soupirants follement éconduits.
Après mille galants et gracieux circuits,
On chanta de nouveau les vers à la Patrie,
On approuva l'idée, on vanta l'harmonie ;
Mais, on dut voir enfin qu'il était déjà tard
Et qu'il fallait remettre au bienheureux hasard
Le soin de préparer cette nouvelle chaîne.
L'inconnu dit bonsoir à la charmante Hélène,
La fille dit bonsoir au capitaine Armand.

Dans une vaste plaine, et juste à ce moment

LES DEUX HÉLÈNE

(Épisode de 1870).

POÈME

par

J. M. LE CONDAMNÉ

Où l'œil commence à voir les objets sous leurs formes,

Vingt mille combattants, aux colères énormes,

Reposent soucieux, c'est le camp des Français.

Quand la grondante mer voit ses flots courroucés

Et l'écume blanchir ses innombrables cimes,

Elle n'arrage pas des lignes plus sublimes.

Vingt mille combattants aux cœurs fiers, valeureux,

S'abritent sous ces toits fragiles et nombreux.

Nombreux comme les flots et blanchis par la neige

Car, le ciel sur la toile en silence l'agrège.

Ce blanc, qu'un pâle jour éclaire tristement,
Semble un linceul ; hélas ! qui ferait le serment,
Que de tous ces soldats, demain, dans quelques heures,
La moitié reviendra dans ces froides demeures !
Des sentinelles vont et viennent sur les flancs,
Sur le front et partout, leurs vêtements sont blancs ;
L'œil fixé sur les bois qui bordent cette plaine,
Et l'oreille à tout bruit car, la guerre en est pleine
De ces coups imprévus tentés dès le matin.
Les grands-gardes ausssi veillent ; dans le lointain,
Elles lancent encor des éclaireurs alertes
Qui scrutent les chemins et les maisons désertes,
Les ravins, les sentiers où l'ennemi pourrait
Se blottir et guetter tout ce qui surviendrait.

Sur une route blanche, et dont le bord cotoie
l'aile droite du camp, Armand marche avec joie.
Il approche du but ! son œil saisit déjà
Ces milliers de sommets que la guerre rangea,
Et des courants d'orgueil envahissent son âme.
Devant le camp s'enfuient et l'amour et la femme ;
Et la neige gémit sous ses pas plus pressés.

Armand est grand de taille, est son buste et assez
Largement découpé pour en faire un bel homme.
Il a des cheveux courts, coupés... cela se nomme...

A la malcontent ; puis son visage un peu long,
Un peu creux à la joue, a le poil presque blond.
Il portait d'habitude une longue moustache,
Mais, il enviait bien le droit qu'avait la hache
De porter tout le reste ! heureusement, au camp,
On néglige beaucoup de choses, le clinquant.
Dans un mois, il aura la barbe qui s'étale.
Son teint est mat, toujours son visage fut pâle.
Ses yeux sont vert-de-mer, son nez un peu courbé,
Mais, laissons le bedeau pour ne voir que l'abbé.
Son charme principal c'est son allure en route :
La femme fit la grâce et ne la prit pas toute.
On comprend, à le voir, qu'il est robuste et fort ;
Le pied pose d'aplomb, souple et droit est le port ;
Les bras aux gestes prompts et faciles. La guerre
Demande moins à ceux qui lancent son tonnerre.

Il arrive. Un soldat le conduit près du chef ;
C'est celui qu'un haut fait vient de mettre en relief.
Depuis longtemps déjà sous sa tente il travaille,
Ayant devant les yeux le plan d'une bataille.
Il mesure au compas la marche de ses corps,
Et sourit, le succès poit payer ses efforts.
Des papiers empilés dorment sur une table ;
Des armes, des manteaux pour l'hiver intraitable,
Sont pendus. L'ordre est là ! la main qui fait si bien,
A déjà sur l'armée enserré le lien

Du devoir rigoureux, il faut que tout conflue.

Armand, modestement se présente et salue.

— Ah ! c'est vous capitaine ? il n'est pas mal aisé

De savoir votre nom quand on s'est amusé

Jadis aux mêmes bancs noircis que votre père.

Vos deux figures ont le même caractère ;

Il me semble le voir— merci, mon général,

De ce bon souvenir largement cordial.

Permettez-moi cela : mon nom est sur ma face

Mais, chaque pan de mur, sous le vôtre, s'efface.

— Flatteur ! la France aura place pour tous les noms.

Mais, voici ; le temps passe et nous, nous raisonnons,

Je vous prends avec moi.

Quand il quitta la tente,

Les soldats s'agitaient malgré la neige lente

Qui tombait en volant sur leurs képis mouillés.

C'est que, les feux, il faut qu'ils soient bien surveillés !

Quelques-uns avaient mis leur couverture grise,

En manteau, sur leur tête, où l'air passe et s'aiguise.

Le blanc cachait le gris. D'autres coupaient du bois.

Et tous les pieds se sont enfoncés plusieurs fois

Dans la neige du camp, si belle mais si froide !

D'autres enfin, restés couchés, ont le corps roide ;

Ils ont dormi ! mon Dieu, ce que peut un soldat !

———

LES DEUX HÉLÈNE

(Épisode de 1870).

POÈME

par

J. M. LE CONDAMNÉ

Chant troisième

LA VENGEANCE

Le jour et l'ombre allaient terminer leur combat.
Le soir vainqueur, mettait à l'horizon ses voiles,
Et déjà, dans les plis, montaient quelques étoiles.
Les arbres dépouillés tendaient leurs longs bras noirs
Vers le ciel, seul recours aux sombres désespoirs.
Dans un bois étendu tout plein de bruits naguère,
Lorsqu'avril souriait, lorsque la terre espère,
Il ne reste plus rien que les arbres chagrins
Et le sol froid et nu. Même les petits brins

Que le vent brise, ont tous disparu car, ils brûlent,
Et nos soldats sont là tout près qui s'accumulent.
Ce sol tout piétiné, d'où le ravage sort,
Reçut du sang humain tout chaud, buveur de mort !
Le vieux tronc aperçut derrière son écorce
Plus d'un fusil penché, la ruse avec la force !
Il en porte la trace, un ou deux trous sont là.
Maintenant plus personne ... allez donc voir cela !
Et plus de bruit ... les cœurs gardent seuls la mémoire.
La terre s'est fermée ; elle a dit à l'histoire :
« J'ai mis là, dans mon sein, tant d'hommes renversés »
Puis elle oublie. En mai, les rameaux balancés
Se peupleront d'oiseaux, comme c'est l'habitude.

Sur un beau cheval noir, et dans une attitude
A faire songer l'homme, eut-il passé cent ans,
Une femme s'avance : Hélène d'Orléans.
Elle est en robe noire et chapeau gris à plume ;
Mais, si quelque âme jeune, en bouillant se consume
Sur la flamme d'amour ou de désir violent,
Ce n'est pas pour un pli qui décèle en volant,
Quelque forme enviée, ou pour sa taille ronde,
Dodue et souple ainsi que le cou d'une aronde.
C'est pour son regard noir, aux cils longs et courbés,
Son nez droit et sa bouche avec ces coins bombés
Car, le sourire vient souvent entre ses lèvres.
C'est pour son front encore que s'allument les fièvres ;

Son front, où deux arcs noirs couronnent deux beaux yeux
Et se joignent parfois dans un pli soucieux,
Comme à présent. Le pas de son cheval est triste ;
Il semble que la bête ait flairé quelque piste...
L'amazone attentive examine les trous
Où se sont enfoncés, pleins de sinistres frous,
Les boulets, les obus, les balles qui s'écrasent.
Elle écoute ces mots éparpillés qui phrasent
Le lugubre discours d'un combat achevé.
Elle va doucement sur ce terrain crevé,
Regardant tout autour, remplissant sa pensée,
Quand, soudain, deux chevaux à l'allure empressée
Tournèrent devant elle, à l'autre bout du bois.
Ce sont deux officiers qui les guident. Parfois,
Hélène a peur, malgré que son âme soit ferme.
Le jour rapidement sur la terre se ferme ;
On ne distingue plus ni l'arme ni les traits.
Faut-il fuir ?... Et ses doigts, frémissants et discrets,
Saisissant un poignard passé dans sa ceinture.
Mais l'un des cavaliers, à la haute stature,
S'approche. Oh ! doux émoi ! c'est Armand, c'est bien lui !
— Je suis heureux, dit-il, bien heureux aujourd'hui. —
Et l'autre cavalier, tout chamaré d'étoiles,
S'approchant à son tour pour écarter les voiles
De ce mystérieux rendez-vous dans ce bois,
— Général, dit Armand, pour la seconde fois
J'ai l'honneur d'admirer mademoiselle Hélène,
Que vous reconnaîtrez à ses grands yeux d'ébène —

Et l'homme chamaré s'inclinait, regardait...
Oh ! qu'il l'eut bien donné tout l'or qu'il possédait,
Avec sa gloire acquise et sa gloire future,
Pour un regard d'amour de cette fille obscure !
L'ombre du soir, baignant ses contours gracieux,
En faisait comme un ange au nimbe radieux.
Pendant que son cheval balayait la poussière,
Hélène racontait l'impression première
D'une visite au camp — O femme, être insondé ! —
« Un camp, mais, c'est très beau ! » puis, elle avait rôdé
Toute seule en ce bois témoin d'une bataille.
Et pendant ce temps-là, des cheveux à la taille,
Des dents blanches aux yeux confusément baissés,
Le général scrutait des charmes insensés !
Armand veut obtenir d'accompagner la dame
Jusque près d'Orléans — quelle heure pour son âme ! —
Mais l'autre veut l'honneur d'un projet si galant.
« Ralliez le quartier ! » dit-il au postulant.
Puis, serrant doucement sa monture docile,
Il vient, caracolant, dire : « il serait utile
Que vous retournassiez accompagnée au moins ;
La nuit vient. Voulez-vous vous remettre à mes soins !
Nul n'aime plus les fleurs que le général Reyles.
Et jamais tant d'éclat... jamais roses nouvelles... »
Soudain, comme l'oiseau que la peur fait partir,
Un rire aux sons stridents se mit à retentir.
Quelle accablante fin ! on eut dit que les branches,
Pour se moquer aussi, découvraient des dents blanches.

LES DEUX HÉLÈNE

(Épisode de 1870).

POÈME

par

J. M. LE CONDAMNÉ

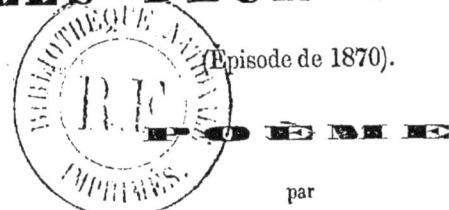

Armand tourna la tête ; Hélène s'éloignait.
Le cheval galoppait, le rire s'éteignait.
Reyles, désappointé, rassembla sa monture
Et les deux officiers rentrèrent.

O nature !
Le monstre jalousie, hôte affamé du cœur,
Bondissait dans le sein de l'illustre vainqueur.

Ce rire, il y songeait ; il l'entendait encore
Aussi vibrant, aussi méchant, aussi sonore,
Comme s'il n'eut pas fui sur la route du bois.
Or, lorsqu'Armand fut libre et bien seul, cette fois,

Il reprit l'étrier, et, prompt comme la flèche,
Il fuit à toute bride. Il fuit, l'ombre le lèche …
Où cette âme prend-elle et sa force et son feu ?
Il vole vers Hélène. Oh ! quel terrible jeu
Que sa course effrénée au milieu de cette ombre !
Des bonds de son cheval, qui compterait le nombre !
Il passe comme un rêve et courbé sur le cou
De l'animal baveux, suant, essoufflé, fou !
Mais, le rival n'a fait que s'étendre à la hâte
Sur son lit de campagne ; il ne dort point, il tâte
Dans son cœur, tout le mal que cette folle a fait.
Il songe à la vengeance et ce songe lui plait.
Il a vu l'officier s'éloigner de la tente ;
Il a compris le but, il a maudit l'amante !

Le lendemain, Armand est près du général.
J'ai vu, dit-il… l'on dit, que des gens à cheval
Ont rodé cette nuit près d'Orléans, je pense
Que ce sont des espions et que la surveillance
Doit être redoublée et sévère vers l'Est.
— Bah ! fit le général, quand on est sous bon lest,
Le vent peut s'élever, on nargue la tempête.
Vos yeux… les yeux d'hier ont mal vu ; quelque fête,
Quelque rêve d'amour les ont hallucinés.

Cependant, et malgré tous les gages donnés

Par la valeur française aux luttes héroïques ;
Malgré les matelots, aux allures stoïques,
Broyant le roc prussien sous les hâches du bord ;
Malgré le fer aigu qui s'émousse et se tord
En rencontrant le fer ; malgré la haute gloire
Que Jauréguiberry dépêche à notre histoire ;
Malgré mille vivats enfin et mille cris,
L'armée avait laissé s'enfuir le terrain pris.
Elle avait reculé !

     Près et devant la ville
D'Orléans elle avait massé sa force utile.
Un camp fortifié la défendait au Nord.
Mais, France ! le malheur te secoue et te mord !
Tu n'as pas achevé tes sanglantes épreuves !
Cette armée héroïque, aux légions toutes neuves,
Ne doit pas s'arrêter dans l'antique cité.
Le prince Frédéric s'étant précipité
Par les routes de l'Est avec sa vieille armée,
Il veut qu'on la lui rende ou, sinon, entamée
Par les obus Prussiens, comme le fut Strasbourg !
Il n'en restera pas de quoi bâtir un bourg.

L'ordre de la retraite est lancé. La nuit sombre
Voit les soldats pressés et veut voiler leur nombre.
Ils marchent en jurant contre le sort fatal :
« Mais, qui donc chassera ces pous du sol natal,

Si nos bras ne sont pas assez forts pour la tâche !
Cependant, nous voulons mourir ! » et la moustache
De ces désespérés sent tomber quelques pleurs.
Puis, du côté du camp, oh ! comble des douleurs !
Un bruit de lourds marteaux domine le tumulte ;
On inflige aux canons la plus grossière insulte :
On les encloue ! Hier, ils tonnaient pour venger,
Demain, les Prussiens les enverront ranger,
En faisceaux, sur la place où le public s'amuse...
Voici l'infanterie en colonne confuse.

Armand est près d'un pont, et prodiguant ses pas,
Il remet l'ordre ici, le silence là-bas.

Les fuyards, il les suit au galop, les rattrape,
Et du plat de son sabre, au besoin, il les frappe ;
Il leur montre la route où l'on doit s'engager.
Ainsi, bien des soldats, troublés par un danger
Qu'ils n'ont pas à courir, fuient ; Armand se présente,
Et soudain, le sang-froid remplace l'épouvante.

Voici les Toulonnais qui marchent bas le front.
Ils se sont bien battus ! Les Germains le diront.

Leurs habits ont reçu tant de neige et de boue,
Qu'ils sont sales et vieux. Ils ont sur une joue
Du noir de poudre, ainsi que les plus valeureux.
O race de Provence ! O longs jours malheureux !
Si Toulon eut compté beaucoup d'hommes semblables !...
Les zouaves, les turcos, bataillons redoutables,
Quand la poudre a jeté dans l'air sa forte odeur,
Vont après. Le lion, sournoisement rôdeur,

Numéro 8.

LES DEUX HÉLÈNE

(Épisode de 1870).

POÈME

par

J. M. LE CONDAMNÉ

Quand il flaire la chair a moins d'élan féroce.

Tous, la tête baissée et la main sur la crosse,

Marchent bien alignés, sombres oui, mais sans peur.

Enfin, les cavaliers défilent sans clameur,

Bien qu'on leur ait donné la tâche difficile

De couvrir la retraite. Ils sont plus de dix mille,

Chasseurs, hussards, spahis, arabes du désert

Qui n'ont pas répondu comme nous : « à quoi sert ! »

Quand on leur a conté nos multiples défaites.

On leur a dit : « là bas, quelques milliers de têtes

D'arabes, comme vous, n'ouvriront plus les yeux. »

Et sautant à cheval, les jeunes et les vieux

Ont traversé la mer pour venger ces désastres.

Et tous ces fiers soldats, nombreux comme les astres

D'un ciel Napolitain, se meuvent sagement,

Sans désordre et sans cris, sous un noir firmament.

Mais Reyles, cependant, est absent de l'armée.

Dans une houppelande exactement fermée

Pour dérober aux yeux tout l'or de ses habits,

Le Général attend ; les moments sont subis

Avec impatience et presque avec colère.

Enfin, un homme en blouse arrive, un militaire,

Car, il porte la main ouverte à son chapeau.

— Me voici, Général, dit-il — Vilain oiseau !

Voilà plus d'un quart d'heure écoulé pour t'attendre !

Aurai-je assez de temps ? — et l'homme pour entendre

S'approcha tout-à-fait. Ils causèrent tout bas,

Bien que dans cet endroit on ne circulat pas.

C'était sur un chemin, aux confins de la ville,

Où l'ombre régnait seule en souveraine habile.

Ni volets indiscrets, ni passants ; mais, soudain,

Trois coups de fusils font trembler l'air au lointain.

Puis, un bruit s'avançant comme un groudement sombre.

Orléans commençait ce jour-là par de l'ombre

Pétrie avec du sang. Minuit sonnait encor ;

Les douze coups dans l'air prenaient leur triste essor,

Et l'armée en retraite et l'armée en puissance
Entendaient toutes deux la même résonnance.
Un tirailleur, blessé d'une balle au pied droit,
Quittait en maugréant ce malheureux endroit.
Il a choisi pour fuir, une petite rue
Que l'ennemi, bien sûr, n'aura pas aperçue.
Il marche près du mur, sans bruit, quand, d'un coin noir,
Cinq soldats, tout-à-coup, dont l'affaire est de voir
Et de fouiller surtout l'ombre épaisse, débouchent.
« Rendez-vous ! » disent-ils, et cinq fusils se couchent.
« Oui, répond le français, je me rends volontiers »
Alors, deux allemands que ce coup rend altiers,
Vont pour le désarmer ; mais, prompt comme la foudre,
Cet humble tirailleur se prépare à résoudre
Le problème élevé de l'héroïsme obscur :
Il les étend tous deux sur le sol noir et dur,
Avec le ventre ouvert, et jette ces paroles :
« Les Tirailleurs n'ont pas les viandes assez molles
Pour supporter vos fers, ils meurent ! » — et soudain,
Son cadavre s'étend en travers du chemin,
Versant par trois endroits le sang du sacrifice.

Et le gros de l'armée apportait le calice
Hélas ! deux fois rempli pour les Orléanais !
La malheureuse ville, aux bruits désordonnés
Des soldats, des chevaux et des pesantes roues
Qui portent ces canons si puissants que tu loues

O vain progrès ! la ville était dans la stupeur.

« Voilà qu'il faut nourrir tout ce monde, avoir peur
De le mécontenter, lui donner notre chambre
Et lui faire du feu pour adoucir novembre.
Oh ! malheureux vaincus ! nous verrons notre argent
S'engouffrer dans le sac d'un rapace sergent.
Il faudra marteler nos pauvres tire-lires,
Où la fille eut puisé quelques joyeux délires :
Une robe, un chiffon de soie ou son trousseau.
Chacun de nous, sera malgré lui le ruisseau
Qui grossira ce fleuve et puant et noirâtre,
Qui brise la famille et qui refroidit l'âtre.
Malheur ! »

            Dans une rue éloignée et sans bruit,
Deux hommes marchent ; l'un indique et l'autre suit.
Le premier est en blouse et grand chapeau de feutre,
L'autre, à l'obscurité prend une forme neutre ;
Mais, par ci, par là, brille un ornement doré.
Ils s'arrêtent devant un corridor cintré.
« C'est là, mon officier » dit l'homme satellite.
On frappa, l'on ouvrit. Ce fut dame Brigitte,
Une servante agée et tremblante, qui vint.

Dix minutes après, ou peut-être bien vingt
Car, la maîtresse avait fait attendre son hôte.
L'officier prussien, avec sa mine haute,

LES DEUX HÉLÈNE

(Épisode de 1870).

par

J. M. LE CONDAMNÉ

Acceptait quelques mets d'une migronne main.
La table était servie ainsi qu'un suzerain
L'eût trouvée, autrefois, chez son vassal et comte.
La lumière jaillit de deux flambeaux et monte
Au plafond qu'elle fait resplendir de blancheur.
La nappe est blanche aussi, superbe de fraîcheur ;
On l'a sortie exprès de l'armoire. Les verres
Sont minces et galbés par des faiseurs sévères :
Ils tintent bien. Les plats sont riches et coquets ;
Et tout cela, rangé comme fleurs en bouquets,
Jette des feux partout. Contre un mur de la salle,
Un simple et bon divan tout rebondi s'étale.

Quand la maîtresse eut mis sur la table les mets,

Elle dit au soldat : « Monsieur, je n'ai jamais,

Seule, veillé si tard, excusez-moi si j'ose.....»

L'Officier répondit : « Quoi! vous m'otez la rose?

Le meilleur du bouquet ! me plaindre est un devoir. »

C'était galant! « Je tiens pour grand bonheur, vous voir!

Mademoiselle Hélène, ainsi l'on vous appelle

Je crois, c'est un nom doux comme le bruit d'une aîle ;

Vous êtes musicienne, écuyère, et surtout

Belle à ravir ! eh bien, je chante un petit bout,

Nous chanterons à deux ; mais, avant, dans ce verre,

Versez un doigt ou deux de cette liqueur claire —

Buvez — vous n'osez pas ? — je le veux ! — c'est cela.

Vous, paresseusement étendue et moi là,

Devant vous, c'est un ciel tout entier pour mon âme ! »

En effet, le vainqueur couvait des yeux la femme.

Il avait sur la table appuyé ses deux bras,

Allumé son cigare et puis ne causait pas.

Tel, le chat s'accroupit patient, immobile,

Près du trou d'où viendra la souris malhabile.

Sa grande tête est là, couverte de poils roux ;

Son front, coupé d'un pli, sécrète du courroux.

Durs cheveux, gros sourcils, presque à deux doigts se

[touchent;

Son nez tout spongieux n'est que deux trous qui mouchent,

Ses yeux sont comme deux pointes de clous rougis.

Les mots de cet homme ivre auraient des sons rugis.

Le reste est bien taillé pour le métier des armes ;

Large et trappu. Celui qui mettait tant de charmes

Et tant d'horreur en face, avait certainement
Prévu l'immense attrait, l'immense éloignement,
La force aidant l'envie et la peur la faiblesse.
S'il voulait cette lutte, elle était là !

                                        L'on blesse

A raconter certains détails trop peu décents ;
Cependant, je dirai : des gestes menaçants,
Forcèrent plusieurs fois la pauvre Hélène à boire.
Elle voyait ce masque à la fauve machoire,
Au-dessus de la table et toujours appuyé
Sur ses mains. Son regard, de luxure noyé,
Se promenait brûlant sur de divines formes.
Hélène a peur ! ses bras font des efforts énormes
Pour relever son corps que l'ivresse amollit,
C'est en vain. Le soldat, que le désir remplit,
Vient s'asseoir à côté d'elle, ayant sur sa bouche
Un sourire nerveux qui la fend — il la touche —
Oh ! mon Dieu ! c'est la nuit, c'est l'abîme, la mort !
Sa volonté qui fuit tente un suprême effort ;
Elle tourne les yeux du côté de la porte,
Rien ! « Oh ! comment peut-on m'oublier de la sorte ! »
Sous sa tête sans force un bras passe, éhonté,
Un regard flamboyant coule la volupté
Dans ses yeux qu'elle ferme, une lèvre s'appuie
Sur sa lèvre ; la boue à l'hermine s'essuie.
L'étoffe, jusque là respectée, à son tour,
Subit l'ardent frisson de ce cruel amour.

Une main criminelle a dévoilé des charmes
Que lèche la clarté dans ses joyeux vacarmes.
Les doigts passent, versant un fluide inconnu
Qu'un coin de l'âme abjecte et sombre a contenu.
La chair, à ce contact, en tressaillant proteste,
Mais, c'en est fait ! jamais on n'arrêta d'un geste
Le cheval dévorant dans son rapide élan
Un chemin large et beau.

      Lorsque le chef uhlan,
Le soldat aux poils roux, fut reçu chez Hélène,
L'homme en blouse, qu'un ordre ou qu'un intérêt mène,
Longe la rue et fait le tour par le jardin.
Là, sans aucune échelle, ainsi qu'un baladin,
Il saute par dessus un petit mur de brique ;
Il va, courbé dans l'ombre, où la lumière indique
La présence de son sauvage exécuteur.
Craignant le bruit des pas, il marche avec lenteur,
Évitant les cailloux qu'on pousse ou qu'on écrase.
Il touche enfin le mur où tant de clarté jase
De l'immense bonheur de l'hôte protégé.
Son pied est, s'il se peut, encor plus allégé.
Il lui semble qu'on peut entendre son haleine
Et la retient ; il sent que sa poitrine est pleine
Des battements pressés de son cœur. « Quel métier !
Je suis né moins voleur, pense-t-il, que rentier.
Ah ! voilà des rideaux qui vont barrer ma vue !
Non ; le dos d'une chaise a commis la bévue

LES DEUX HÉLÈNE

(Épisode de 1870).

par

J. M. LE CONDAMNÉ

D'en relever un coin » — l'enfer le veut ainsi ! —
Par là son œil peut voir si tout a réussi :
Et l'homme, et le divan où gémit la victime.
Il suit sans les quitter, les étapes du crime,
Et quand il a tout vu, « mon maître, pense-t-il,
Sera content. »

       La nuit, et malgré le péril
Qu'on court à traverser postes et sentinelles,
Trois voyageuses vont, comme des hirondelles,
Chercher un toit meilleur. Un fringant cheval noir
Emporte une voiture où l'on ne doit rien voir.

Deux d'entr'elles, au fond, se serrent sur un siége,
L'autre conduit. Veilleur, en vain ton œil assiège
Les ombres d'une nuit sans astres ni clartés;
Tu ne vois pas la peur tremblante à leurs côtés,
Ni la douleur poignant à la fois dans ces âmes !
Le cheval au galop emporte les trois femmes,
Sans que celle qui guide ait à le stimuler.
Il sent que cette route il faudrait la brûler !
Alors, l'intelligente et vigoureuse bête,
Fière d'un tel devoir, vole en levant la tête.
Les deux femmes du fond, dont l'âge est avancé,
Écoutent s'il ne vient aucun bruit cadencé.
L'autre, jeune, un peu pâle, et pour cela plus belle,
Échafaude en fuyant un sanglant pêle-mêle.
Aussi, près de son sein l'on peut voir un poignard
Sur lequel elle jette un farouche regard.
Si nous tirions la lame, elle est ensanglantée !
Le bruit courra demain, dans la ville hantée
Par les soldats vainqueurs, les nobles officiers,
Qu'un des leurs fut frappé; puis, leurs hauts justiciers
Suivis de peuple, auront la mission sacrée
De brûler la maison qu'ils ont déshonorée.

Chant quatrième.

—

LA VARIOLE.

—

Le Mourillon est un petit faubourg charmant,
Bâti sur un long cap qui fait assurément
L'effroi des étrangers envieux de sa rade;
Car, une tour massive, imposante et maussade,
Se baigne tout au bout. Puis, en suivant le bord,
Vers l'Est, où le flot blanc parfois rugit et mord,
On voit sur une ligne horizontale et haute,
Dix trous béants en fer qui pèsent sur la côte.
Plus loin, le fort Saint Louis accroupi sur les eaux,
Interroge, hargneux, l'allure des vaisseaux.
Encor plus loin, des forts, des rochers, des redoutes;
Et derrière cela, beaucoup d'épaisses voûtes
De ramures de pins où logent les oiseaux.
Par ci, par là, de frais et splendides châteaux
Qui cachent leurs murs blancs derrière le feuillage.
Les maisons du faubourg sont d'un style plus sage,
Je veux dire moins cher, mais, qu'un ciel rayonnant
Embellit mieux que l'art rien qu'en les couronnant.
Le sol a deux versants : l'un vers Toulon s'incline,
L'autre penche à la mer, où l'inconnu chemine.
Au sommet des deux plans est une haute tour
Carrée, on la voit bien d'une lieue alentour;
Puis, des files de murs avec des portes closes,
Des feuilles par dessus, et vers Avril, des roses;

Puis la falaise; puis enfin, le flot roulant.
— C'est là que demeurait Hélène.

                           Oh ! que foulant
Ton tiède sol, humant ton soleil de septembre,
Et regardant ta mer luisante comme l'ambre,
Je serais heureux ! puis, si j'avais la faveur,
D'y voir lever Avril et sa première fleur,
Quelles nuits ! quels tableaux ! quelle riche nature !
C'est la création baisant la créature !
Le calme, l'harmonie, et les astres du ciel
Donnant de leur argent au chanteur éternel :
Le flot ! et les pêcheurs qui dorment sous la tente
De leurs bateaux légers, quand la mer palpitante
Les berce faiblement. Parfois, ces rudes corps,
Ivres de poésie, entonnent sans efforts
De simples airs niçards ou génois qui ravissent.
Et les couples, sans bruit, descendent ou gravissent
Les chemins, lentement, bien serrés, sans parler,
La main dans la main. . . .

                        Mais, l'hiver vient de fouler
Cette terre chérie avec ses pieds de glace.
Malheur à ceux qui n'ont point d'âtre, ou dont la place
Est sur un champ neigeux, sous un semblant d'abri !
Il pleut très-fort; le ciel, comme un plancher pourri,
S'écroule sur le sol, et l'eau dans les ornières
Descend rapidement et tombe en gerbes fières

LES DEUX HÉLÈNE

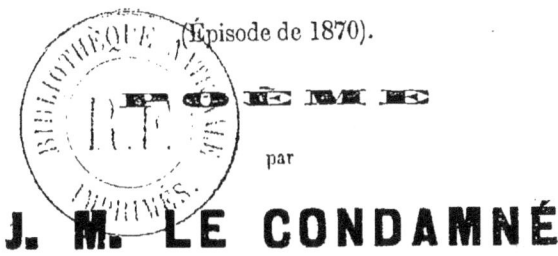

(Épisode de 1870).

POÈME

par

J. M. LE CONDAMNÉ

De la falaise dans la mer qu'elle salit.

Les flots sont sourdement remués dans leur lit.

— Dans une maisonnette isolée et modeste,

Portant coquettement son petit air agreste :

Vignes grimpant aux murs, mûriers aux bras tordus,

Œillets, rosiers, lilas au sommeil descendus,

Poules gloussant, volets verts, et sur la toiture,

Un pigeonnier grillé, riant d'architecture.

C'est là que vit Hélène avec son père, mais,

Désespérée ainsi qu'elle ne fut jamais.

Armand n'a pas écrit depuis plusieurs semaines,

Et le vieillard malade est au lit. Heures pleines !

Le ciel crache ici bas des maux affreux pour nous.
Est-ce le châtiment d'un Dieu plein de courroux ?
Les bons et les méchants sont couchés dans la bière !
Est-ce un vice inconnu tournant dans la matière ?
La science pourrait alors le découvrir,
L'allonger sur le sol, l'analyser, l'ouvrir . . .
Hélas ! que de travaux pour être où nous en sommes !
Et que d'heures encor feront pâlir les hommes
Pour surprendre un fragment de l'immense raison
Qui jette tant de bruits dans la frêle maison !
L'esprit se fera choc et voudra par la force
Obstinément chasser ce bois de cette écorce,
En vain ! cela se tient, et malgré ses calculs,
Quand l'homme dit : « voila ! » le mal lui répond : « nuls ! »
La cause fluctuera de là chair à la bûche
Sans cesse, et lorsque l'eau de la divine cruche
Coulera pour vouloir nous guérir de ceci,
Le mal sera cela. Telle on voudrait aussi
Dans une longue écharpe enfermer la nuée ;
La vapeur n'attend pas qu'elle soit dénouée
Pour s'échapper et fuir brillante dans l'azur.
Telle, la Variole émergeant de l'obscur,
Fut vaincue autrefois, et maintenant regagne
Tout ce qu'elle a perdu, dans sa sombre campagne
A travers les humains. Ce terrible coureur,
Décharné, tout sanglant et crispé de fureur,
Enlace les humains et les jette à la fosse.
Ainsi, la pauvre Hélène, a vu sa main féroce

Saisir son père, il est étendu dans son lit.
Le monstre voit ce front qui brûle ou qui pâlit,
Et ses doigts dévorants s'enfoncent dans le crâne.
C'est sa proie ! il la tient et sa bouche ricane.
Le délire est venu ; la fièvre a pris ce corps.
Pauvre Hélène ! ni soins, ni surhumains efforts
Ne te rendront ce père, il faut que tu sois seule !
La fatigue l'accable. A trop de grains la meule
Use ses fortes dents, la pierre crie : « assez ! »
Personne n'a daigné lui dire : « vous passez
Les nuits à le veiller, je puis donner une heure .
Et s'il vous faut du pain, de la mauve ou du beurre,
Ou courir quelque part, appelez-moi » non, non,
Le mal se gagne, il faut oublier la maison !

Pourtant, à quelques pas de cette chambre sombre,
Vit un ménage, un peu dehors beaucoup dans l'ombre.
L'homme est ancien marin, quartier-maître voilier,
La femme, excellent cœur, Miette, est un pilier
De la maison; toujours quelque chose est à faire :
Un coup ici, par là, la vitre n'est pas claire ;
Bon, j'oubliais encor la pièce au pantalon ;
Mes lunettes, voila; la bête est au sillon !
Aussi sort-elle peu. Le fils est à l'armée ;
Un grand jeune homme brun au profil de camée ;
Il charge au fort d'Ivry les pièces à long tir ;
Matelot cannonier. Quand il fallut partir,

Sa mère déroba quelques roulantes larmes

Et lui dit : « au revoir ! écris-nous. . . dans les armes

Il faut s'habituer. . . au revoir !. . . écris-nous ! »

Le mari pêche aussi pour gagner quelques sous

Et ne pas se traîner dans la rue à rien faire.

Souvent, à peine l'aube a dénoirci la terre,

Qu'il part ; les flots alors s'allongent lents et mous,

— Un jour, en revenant à la maison, l'époux

Dit à sa femme : « il est de plus en plus malade.

Il paraît qu'elle est seule ; on est bon camarade

Quand on vient pour dîner, mais pour veiller, merci !

Si tu pouvais l'aider, toi ? — Je veux bien — Vas-y. »

Hélène sommeillait près du lit de son père.

— La matière, que l'âme indomptable exaspère,

N'avait pu résister, — elle dormait un peu.

Tout-à-coup, elle entend qu'on sonne ; — c'est un jeu ! —

Personne n'a passé par le seuil de sa porte

Depuis huit jours, hormis le médecin ; n'importe,

Elle ouvre — Excusez-moi, Madame, je viens voir

Si vous voulez de moi pour vous aider ce soir.

Je veillerai pour vous ; vous devez être lasse.

— Un peu ; mais, si le ciel me faisait cette grâce

De le sauver ! — Pechère ! — Et vous savez qu'il a

La Variole hélas ! vous a-t-on dit cela ?

— Je le sais ; c'est Timon, mon mari, qui m'envoie ;

Il m'a dit : « vas-y voir » Pauvre Dame ! la joie

LES DEUX HÉLÈNE

(Épisode de 1870).

par

J. M. LE CONDAMNÉ

Ne vous étouffe pas et, si vous voulez bien,
Je passerai la nuit, une nuit ce n'est rien.
J'ai pris mon bas, voyez, et la vieille voisine,
Qui venait de quitter son balai de cuisine,
S'assit sur une chaise auprès du moribond.
Elle avait un tablier de laine, un bonnet rond
Cachant entièrement des mèches grisonnantes.
Ses aiguilles allaient agiles, étonnantes ;
Un coucou, vieil ami, contre un mur oscillait,
Et le sang sous la peau des tempes travaillait.
Le malade semblait dormir pour quelques heures.
Vieux objets révérés qui peuplez nos demeures !

Que de choses en vous des jours qui sont passés !
Nous mourons, et bientôt ces versets entassés
Ne sont plus que du bois, du métal, de l'ivoire. . .
Hélène avait fini par céder et par croire
Au simple dévouement de Madame Timon.
Elle dormait. La nuit achevait le sermon
Qu'elle adresse aux rêveurs attardés qui l'écoutent.
Et pendant qu'au dehors ses étoiles s'égouttent,
Une lampe fumeuse éclaire tristement
La chambre où la douleur a son frémissement.
La voisine tricote assise sur sa chaise.
Elle se dit : « c'est bon, il repose à son aise. »
Tout-à-coup, le malade ouvre ses deux grands yeux
Que le délire éteint, épaisse nue aux cieux !
Son souffle est inégal et court, des mots sans suite
S'échappent de sa bouche, altérés dans leur fuite.
La voisine se lève en sursaut — qu'est-ce donc?
Il va mourir ! mon Dieu ! c'est fini ! — ses bras vont
Tremblants heurter la porte où s'est couchée Hélène ;
Puis, toutes deux, ayant de terreur l'âme pleine,
Regardent ce vieillard en lutte avec la mort.
Il semble que la vie à chaque souffle sort.
Hélène se rapproche en pleurant de la tête
Qu'elle embrassait encor ces jours-ci, pour sa fête ;
Elle écoute ; il lui semble avoir saisi son nom ;
Elle l'étreint, criant ; « c'est impossible ! oh ! non,
Tu ne peux pas mourir ! » — Le coucou deux fois frappe.
Fossoyeur, lève-toi ! tu peux charger ta sape !

Fille, va donc choisir le linceul ! il n'est plus !
La mort vient de gagner — Sautez, O vers goulus !

Ainsi voila les mots qu'il m'écrit à la hâte :
« Commandant et blessé ! » — La gloire est délicate
Sur les champs de bataille, il faut pour la saisir
Risquer cent fois sa vie et, souvent, réussir
A disperser son nom aux échos de la foule,
C'est mourir ! — Oh ! la mort ! hideux serpent qui roule ! —
Larmes de tout mon cœur ! qu'avais-je à désirer
Autrefois ? et pourquoi, Dieu ! me les retirer
Ces deux êtres chéris qui sont toute mon âme !
L'un s'est couché, glacé, dans ce grand lit qu'entame
Le pic du fossoyeur ; l'autre pour son pays,
Entasse des lauriers devant la mort cueillis.
Il est blessé ! blessé non sans danger peut-être,
Et moi je reste là, devant cette fenêtre,
A regarder mes doigts ou la rue ou le ciel,
Dans cette maisonnette où mon bonheur fut tel
Que j'en ai, je le crains, épuisé la mesure.
Et quand je m'oublierais contre cette embrasure
Jusqu'à laisser passer l'heure de mon sommeil
Pour rêver des absents ! Et, comme le soleil
Qui forme le nuage en le tirant de l'onde,
Quand j'interrogerais la mèche blanche ou blonde,
Pour avoir du passé quelques mots précieux,
En serai-je moins seule ? et lui sera-t-il mieux ?

Il est blessé ! qui donc va le soigner ? O guerre !
Ma place est près de lui. L'épouse vaut la mère,
Allons, c'est résolu, je partirai demain.

Hélène ayant au cœur ce sentiment humain
Qu'on appelle l'amour, dédaigne la distance,
Les rigueurs de l'hiver et même l'existence
Car, la guerre a des jours de noirs bouillonnements,
De confuses clameurs, d'horribles sifflements.
La balle qu'un fusil chasse au loin est aveugle ;
Elle frappe aussi bien l'étable où le bœuf beugle,
L'autel où l'on bénit, la rue où court l'enfant.
Et cependant, Hélène est partie. Elle fend
Comme l'oiseau l'espace, et déja bien des villes
Ont montré leurs murs blancs assis en longues files.
Elle a quitté le Rhône, entraînant sous ses ponts
L'onde jaune qui vient des Helvétiques monts ;
Elle vole à Nevers, à Vierzon d'une traite ;
Mais, là, le cheval-feu se regimbe et s'arrête ;
Pourtant, il faut aller plus loin pour voir Armand.
De voiture en voiture, en payant grassement,
Elle compte achever son pénible voyage.
Elle cheminait donc au trot d'un attelage
Composé d'un cheval efflanqué, haletant.
Son esprit s'en allait devant elle, content.
Elle pensait : « bientot, je verrai son visage !
Il doit avoir maigri, le pauvre cher, je gage »

LES DEUX HÉLÈNE

(Épisode de 1870).

POÈME

par

J. M. LE CONDAMNÉ

Tout-à-coup, le cocher lui dit : « voyez, voyez !
Mon Dieu ! les malheureux ! mais ils seront broyés ! »

Ce qu'ils voyaient était bien en effet deux hommes,
Qui, joignant pour un jour les deux plus grosses sommes
De l'être humain : science et courage, ont nargué
Sous les murs de Paris le lion délégué.
Ils se sont ri du plomb qu'on jette aux aigles sombres ;
Ils ont bu les vapeurs qui sur nous font des ombres ;
Ils ont vu les canaux, les fleuves serpenter
Comme des fils brillants, et des points noirs tenter
De traverser ces fils sur des fétus de paille.
Ils ont vu des soldats se ranger en bataille

Sur d'immenses plateaux larges comme la main ;
Ils traînaient avec eux quelque chose d'airain
Qui paraissait fort lourd et grinçait sur les routes ;
Ils s'agitaient sans cesse — O fourmis sur des croûtes ! —
Puis, ils ont vu surgir un épais voile blanc
Qui déroba le tout, hors un bruit ressemblant
A celui de cent doigts frappant sur une vitre ;
Puis, enfin, les objets ont repris leur vrai titre,
L'air moins froid essuyait leurs fronts penchés vers nous,
Ils descendaient.

        Eh bien, pour ces puissants joujous
Qui font connaître à l'homme un superbe vertige,
Et qui le conduiraient de l'Escaut à l'Adige
En moins d'un jour, il faut de la soie et du gaz.
O Montgolfier ! sans toi que serions-nous, hélas !
Mais, tu vécus pour nous, et grâce à ton idée,
On apporte un ballon, la soie est déridée,
Le gaz l'emplit, un homme y monte sans trembler,
— Quelle gloire ! et combien voudraient lui ressembler ! —
On coupe les liens, et le globe s'élance
Apportant par la nue un sourire à la France.
La liberté, la foi dans l'avenir, l'ardeur,
Le courage, tout vient de cet embassadeur
Qui glisse dans l'azur comme un oiseau splendide,
Et nous semble envoyé du ciel comme subside.
Ce peuple, prisonnier dans ses murs crénelés,
Donne à ce messager les baisers cumulés

Des maris, des amants, des fils, soldats en armes
Qui disent, glorieux: « femmes, séchez vos larmes,
Ou pleurez des héros ! » et le ballon s'enfuit,
Portant comme une aurore aux cœurs baignés de nuit.

Hélène regardait ce globe rouge immense
Qui se précipitait comme un aigle en démence
Sur les arbres fourchus prêts à le déchirer.
Il touche un hêtre énorme et veut se retirer,
Mais en vain; cependant, quelques cordes se cassent
Et le ballon repart, et trois fois, quoi qu'ils fassent,
Les hommes voient le sol leur échapper. Trois fois,
L'appareil se cramponne aux arbres dont le bois
Lacère en vingt endroits l'enveloppe fragile.
Enfin, après avoir franchi d'un bond agile
Une énorme distance, il tombe et c'en est fait
De l'oiseau merveilleux. Mais, Hélène approchait,
Curieuse de voir l'air qu'avaient ces deux hommes.
Oh ! jeux du sort ! comment et qu'est-ce que nous sommes !
L'un des deux est marin, elle l'a vu souvent
Passer devant sa porte à Toulon, en levant
Un peu son lourd chapeau verni pour sa voisine.
— Bonjour Monsieur Timon ; est-ce que la marine
Va nous prendre le ciel? — Quoi ! vous, Madame, ici?
— Oui. Que fait donc Paris? — Rien; l'hiver a grossi,
La viande diminue et le courage augmente.
Et Toulon, que fait-il ? — La foule se tourmente

Devant la Préfecture en commeutant les mots
Des Dépêches de Tours, véritables falots
Éclairant l'océan dont les eaux nous menacent.
Jusqu'à minuit, souvent, les avides se massent
Autour de ce papier en hâte griffonné,
Ou dévorent un mot par ci par là donné.
Puis, le sommeil se fait balayeur de la rue,
Le silence revient, la foule est disparue.
— Si je peux, j'irai voir les vieux à la maison,
Ça leur fera plaisir. — Votre cœur a raison.
Le matelot se mit à ranger sa nacelle,
Ramassant les débris qui gisaient pêle-mêle,
Et le maigre cheval d'Hélène se remit
A l'emporter au trot, le maître le permit.

Chant cinquième

—

L'AVEU

Avant d'entrer à Blois et non loin de la route,
Il est une maison modeste et presque toute
Cachée aux curieux par deux rangs d'arbres noirs.
Les murs sont comme ceux des antiques manoirs :
Grisâtres, décrépis aux angles des fenêtres ;
Celui qui l'habitait tenait plus à ses hêtres,

LES DEUX HÉLÈNE

(Épisode de 1870).

POÈME

par

J. M. LE CONDAMNÉ

Ses tilleuls, son gazon, qu'à des murs bien lissés.
La Loire, un peu plus bas, roule ses flots plissés
Et grogne sourdement, comme un chien qu'on menace.
Des fenêtres, on voit cette eau qui gronde et passe,
En portant ses débris dans un lit plus profond
D'où surgiront plus tard des mondes — Ainsi font
Les atômes humains ! — le contrevent qui frappe,
Agacé par le vent, la neige en vaste nappe
Étendue alentour, sur la terre et le toit,
Et la vitre ternie annoncent un jour froid ;
Aussi, la cheminée arbore un blanc panache.
Le foyer dans lequel cet ornement s'attache,

Chauffe une longue pièce où trois personnes sont :
Une femme aux cheveux blancs sur un pâle front,
Une autre dont les yeux tout d'abord se remarquent :
Au dessus, deux sourcils noirs et très-épais s'arquent ;
L'autre est un officier qui parle en ce moment.
« Oui, Madame, dit-il, ce fut mon dénouement,
Une balle perdue effleura ma main droite ;
La plaie était légère, extrêmement étroite,
Et pourtant, mon épée échappa de ma main.
C'est alors que le ciel me mit sur le chemin
Où je devais vous voir, et je l'en remercie.
Mais, ma jeune fortune, un moment obscurcie,
Va rayonner encor ; je puis fermer mon doigt
Et tenir mon épée ; il faut qu'à cet endroit,
Au cœur ! je sois frappé pour achever ma tâche !
— N'est-ce donc pas assez de la balle qui mâche
Et laisse dans la chair la gêne pour toujours !
Dit la femme au front pâle, il faut qu'elle ait son cours
Cette hideuse mort qui va par les batailles !
Oh ! la guerre, Monsieur, ces maudites ferrailles
Qui couchent de si loin les hommes sur le sol !
Quel besoin ressent-on d'éventrer Pierre ou Paul ?
Leur crime est d'obéir. Un prince, en temps de guerre,
Vous dit ; n'épargnez rien, ni l'enfant, ni la mère ;
Écrasez le vieillard, tuez le moribond
Dont la vie en tremblant se consume et se fond,
Et qui ne sait pas même, en entendant vos bombes,
Si c'est pour une fête ou pour ouvrir des tombes.

Tuez, saccagez tout! puis, quand la paix viendra,
L'illustre prince, assis sur son trône, voudra
Que la vie et les biens de ses sujets soient choses
Qu'on ne puisse toucher. Vos lèvres seront closes
Par le fer du bourreau, si la colère un jour
Vous fait frapper au cœur quelque rival d'amour.
Tuer un homme, c'est le comble de l'infame ;
En tuer trois-cent-mille est d'une bonne lame.
Diantre ! quel général ! César n'eut pas fait mieux.
Et quel est donc cet homme assez audacieux,
Assez puissant, assez fou, pour changer en gloire
Le pire des forfaits qu'inscrira notre histoire !
Il faudra donc, hélas ! même au temps de la paix,
Porter dans nos esprits l'abominable faix
D'une guerre future, imminente? et sans cesse
Épier, compulser, augmenter notre adresse
Et l'effet meurtrier de nos armes à feu?
Il faudra que l'enfant retienne sur son jeu
Pour apprendre à marcher comme les militaires?
La femme même aura de ces devoirs austères :
Rouler une cartouche, effiler du coton,
Appliquer une bande et, dans l'occasion,
Porter des sacs de terre aux remparts de la ville.
Tous nos hommes armés pourront, science vile !
Sur un signe de main quitter tout ce qu'ils ont ;
Les marches des tambours, pour eux remplaceront
Les rires des enfants qui jouaient dans leurs jambes.
O gloire militaire ! O grand soleil, tu flambes !

Vos noms et vos exploits seront inscrits partout,
Oui ; mais, lorsqu'au retour d'une guerre sans bout,
On comptera les fils, les maris et les frères...
Quels sont donc ces trésors, provinces ou frontières,
Qu'il faut si bien garder ?

                   Oh ! trame de mes jours !
Jamais je n'ai cherché de semblables discours.
Je n'entends rien du tout aux choses politiques ;
Mais, là bas, j'ai laissé des objets sympathiques
Que j'ai depuis vingt ans : les meubles, le jardin,
Où tant d'arbres feuillus, sont plantés par ma main,
Les murs, qui sait s'ils sont encor debout ! et même,
Si j'y retournerai, dans ma ville que j'aime ! »
La jeune femme aux yeux noirs ne répondait pas ;
Sans doute, un souvenir qui venait de là-bas,
Occupait sa pensée ; un léger pli se creuse
Au dessous de son front, sa pâleur est affreuse.
L'officier dit : « C'est vrai, Madame, les combats
Sont des jeux infernaux même pour les soldats.
L'homme, dans les forêts d'une terre première,
Eut à confectionner une arme meurtrière
Pour défendre son corps, sa famille, son bien,
Contre les animaux ; puis, ne redoutant rien,
Se sentant le plus fort, il attaqua les hommes.
L'orgueil, l'envie et tous les vices où nous sommes
Fatalement enclins, ont augmenté le mal.
La guerre est très-commune, et, depuis l'animal

LES DEUX HÉLÈNE

(Épisode de 1870).

POÈME

par

J. M. LE CONDAMNÉ

Qui mord l'autre animal, jusqu'aux grosses armées,
Sous les yeux de leur chef en colonnes formées,
On se bat volontiers, quand la colère a mis
Dans le sang tout son feu : tuons les ennemis !
— Les ennemis ce sont des hommes ! — il est triste
De voir que le progrès nous laisse avec ce kyste !
O profondeur du mal ! l'homme contre les lois
A fini par polir ses rugueuses parois,
Mais, au fond, ce levain, ce vice impur lui reste :
La bataille ! un forfait ! une couleur de veste !
Quant à moi, j'ai connu les bonheurs d'ici-bas ;
Vers la félicité j'ai couru plus d'un pas ;

Je comprends qu'on s'attache à la plus humble chose;

Le passé n'est pour nous qu'une porte mal close

Où nous passons souvent notre tête; une fleur

Est un monde et j'en sais la pieuse valeur;

Mais, j'ai bien réfléchi, dans le métier des armes;

J'ai pesé le sourire et j'ai compté les larmes.

Qu'est-ce que l'espérance? une chose qui fuit.

Quel est le but? mourir! voir l'éternelle nuit!

Qu'importe donc comment on nous mène à la fosse!

Tomber dans un combat, avec son âme grosse

D'illusions, d'amour, d'héroïsme et d'orgueil,

Vaut mieux que de rester à l'ombre du cercueil,

Affligé trop longtemps des saletés humaines.

La matière séduit quelques courtes semaines;

Puis, le fils, en crachant, s'éloigne de celui

Qui jeune lui donna l'échine pour appui.

J'ai vu deux cents vieillards soignés dans un hospice!

Non, non, mieux vaut cent fois qu'au combat je périsse!

Que les corbeaux goulus viennent manger ma chair,

Ou, que quelqu'un à qui ce reste sera cher,

Me couche doucement sur un sommier de terre.

Mon nom sera brillant de gloire militaire

Peut-être, c'est pour moi l'unique et vif désir.

La foi, je l'ai perdue, et sans la ressaisir

J'ai vécu jusqu'ici; mais, je donne ma vie

Sans effort, ce n'est rien! — non, rien qui fasse envie,

Ajouta l'enfant brune en poussant un soupir.

— Qu'avez-vous tous les deux pour vous plaindre et gémir?

Dit la mère; bien sûr c'est quelque mauvais rêve....
Grâce à Dieu, l'on voit bien, quand le combat s'achève,
Que tous les combattants n'ont pas péri. Pour moi,
Je hais la guerre, aussi j'aime la vie; et toi?...
Allons, bonnet de nuit, quitte ton petit livre
Et va te secouer, va humer l'air du givre.
Sors à cheval. Monsieur le Commandant aussi,
Si cela lui convient.

                    Sous un ciel obscurci
Comme Décembre en voit, sans soleil, sans sourire,
L'hiver, en chiffres blancs, venait encor d'écrire
Sur la terre son nom. La route grelottait,
Par ce manteau glacé couverte qu'elle était.
Le Commandant Armand avec la brune Hélène,
Tous les deux à cheval, le menton dans la laine,
Causaient; que disait donc Armand pour faire ainsi
Sourire l'amazone et fuir l'aigu souci?
— Votre discours, Monsieur, n'est plus aussi lugubre.
— Par moments, reprit-il, je souffre, j'élucubre
Tous les noirs sentiments que récolta mon cœur.
Cette idée est en moi : je fus toujours moqueur
En face de la vie absurde, courte, laide !
Mais, toujours un sourire exquis a tué raide
Mon stoïcisme altier. Chez vous, j'ai vu vos yeux
Tristement abaissés, sombres comme les cieux,
Et comme eux, sombre moi, j'ai lancé mon tonnerre.
Mais le sourire naît, je deviens débonnaire;

Le roc s'est soulevé, mon âme se distend ;
Si vous êtes soleil, moi je veux être autant
Que les insectes d'or et vous dire : je t'aime !
A cet aveu coquet, Armand ajouta même
Un tendre pressement de main. Les deux chevaux
Imprimaient dans la neige, en marchant, huit anneaux.
En cet endroit heureux, solitaire, la route
Passait sous des bouleaux formant comme une voûte ;
Le vent faisait ployer leurs longs bois dépouillés,
Et d'aigus sifflements s'envolaient, effrayés.
Hélène, dans la main d'Armand, laissa la sienne.
Que cet instant fut doux ! qu'il vaut qu'on s'en souvienne !
Amour, charmes du cœur, qui ne vous connut pas
Est resté dans l'immense au terme le plus bas !
Elle sentait son âme ouverte à larges portes
Et la joie y venir, emmenant ses cohortes !
Et pourtant, pas un mot ne voulut être dit ;
Elle baissa les yeux simplement, et grandit
Par son silence, un mot qui resta dans sa bouche.
Si mon aveu, reprit Armand, un peu vous touche,
Il n'est pas de bonheur au dessus de celui
Que je goûte à cette heure, et ma folie a fui
Devant cette sagesse : aimer ! déployer l'âme !
En nous, une étincelle attend pour être flamme ;
Et quand la flamme monte, envahissant l'esprit,
Le cœur, l'être en entier, on voit tout qui sourit.
Vos yeux, Hélène, ont fait briller cet incendie,
Et pour moi, la laideur ne s'est pas enlaidie.

LES DEUX HÉLÈNE

(Épisode de 1870).

par

J. M. LE CONDAMNÉ

Qu'il soit béni le ciel, pour m'avoir arrêté
Devant cette fenêtre où j'ai tant écouté !
Qu'il soit béni le plomb qui causa ma blessure !
Sans lui, j'eusse langui dans ma tristesse obscure.
Malgré mon athéisme, il faut bien l'avouer,
Tout semble se déduire et rien ne se jouer.
J'ai maudit le soldat qui visa cette balle,
Et grâce à lui, mon cœur en ce moment s'exhale.
Je serre votre main, et vous daignez laisser
Se faire cette étreinte ! et sans vous courroucer ? »

Les chevaux s'en allaient tous les deux côte-à-côte,
Comme s'ils devinaient dans quelle sphère haute

Se fondaient les esprits — les mains toujours soudées —
Le vent ployait encor les branches dénudées,
Et la nuit commençait, donnant plus de blancheur
A la neige étendue au chemin — La fraicheur
De la félicité, cette fleur belle et rare,
Ne dure pas longtemps, le ciel en est avare —
Il fallut retourner et prendre parmi tous
Les allants et venants, regardant en dessous,
Un air placide et froid, comme si dans leurs âmes
Un volcan n'avait pas fait tournoyer ses flammes.
Ils traversaient la ville en silence, chacun
Puisant secrètement un suave parfum,
Au souvenir de l'heure écoulée et céleste.

Cependant, une femme, avec le jour qui reste
Sous le ciel sombre et bas, a relu plusieurs fois
Une lettre. « Je suis avec lui presque, à Blois ! »
Sa main, sans le savoir, tord la gaze empesée,
Et son front vient toucher le bois de la croisée.
« A travers ce chaos de soldats et de camps
Il faut passer, dit-elle ; à ces effets piquants,
Pour des esprits plus forts, je trouve l'épouvante.
O ciel ! dirigez-moi jusqu'au seuil de sa tente !
Montoire est ici près, c'est de là qu'il m'écrit.
Quelle bonne surprise ! Oh ! vers lui mon esprit
A déjà pris son vol ; il plane sur la couche
Où la fièvre le tient, où la guerre le couche.

Il doit, le bon chéri, sentir le doux baiser
Que sur son front brûlant je viens de déposer. »
Au même instant, les yeux de cette Hélène blonde
Virent passer Armand — « Il faut que je confonde,
Pensa-t-elle, le ciel veut me faire un bonheur;
Il s'est montré, depuis un mois, si peu donneur !
Mais non ! c'est son maintien, son regard, sa moustache,
C'est lui ! mais quelle est donc cette femme à cravache
Qu'il accompagne ainsi ? » Son cœur s'épouvanta
De cette place prise, et sa main s'arrêta
Au moment de lever d'un bond l'espagnolette.
Cette main se porta, blanche, habile et discrète
A sa riche coiffure aux odorants cheveux;
Et la nuit la surprit, ayant d'humides yeux,
pensive et s'oubliant debout devant sa glace.

Chant sixième

L'ÉPOUSE

Comme c'est simple et beau ! comme il prend de la place
Ce tout petit objet que ma poche contient !
« Tenez, m'a-t-elle dit, ceci vous appartient,
Prenez; si tout est vrai ce qu'a dit votre bouche,
Gardez-le » — nous menions les chevaux à leur couche —
Elle l'avait ôté secrètement du cou.
Oh ! bonheur ! — c'est ainsi, qu'en montant comme un fou

L'escalier de l'hôtel, Armand parle à lui-même.

« Oh ! bonheur indicible ! elle m'aime ! elle m'aime ! »

Il entre promptement dans sa chambre, il s'asseoit.

Regarde tout autour si nul ne l'aperçoit,

Et tire ce portrait; céleste et douce image !

Il approche la lampe à toucher son visage,

S'accoude et puis se met à songer longuement.

Ils ne finissent plus les rêves d'un amant !

Pendant qu'il s'enfonçait dans ces dédales roses,

On frappa doucement à la porte — les choses

Les plus grandes s'en vont après les petits riens —

Armand tournait le dos et rêvait à des biens

Autrement savoureux que toutes les visites !

Mais, il est de ces mots, qu'à force de redites

Ils s'échappent tous seuls; il répondit : entrez !

Alors, la blonde Hélène, ayant le rire aux traits,

S'avança vers Armand. Au bruit de la serrure,

Il cache vivement la riche miniature ;

Hélène, cependant, s'assombrit tout-à-coup :

Elle avait vu le geste, elle pressentait tout !

— Comment, c'est toi? — Mais oui, j'ai voulu te surprendre :

Ai-je mal fait? mes yeux ne voulaient plus attendre.

— Non, non, chérie; es-tu seule? — oui, mon père est mort !

La douleur, à ces mots, se renouvelle et sort

En larmes de ses yeux. Armand étreint sa femme :

Il l'asseoit doucement sur ses genoux; « Pauvre âme !

Et je n'étais pas là pour essuyer tes pleurs !

Tu comptais des chagrins et je cueillais des fleurs :

LES DEUX HÉLÈNE

(Épisode de 1870).

POÈME

par

J. M. LE CONDAMNÉ

Car, tu sais, n'est-ce pas, j'ai conjuré la fuite

D'un millier de trainards et, pour cette conduite,

On m'a fait commandant, j'en suis heureux pour toi.

— Et ta blessure donc ? quelle source d'effroi !

Le jour où j'ai reçu ta lettre, j'ai dû croire

Que tu pouvais vouloir me tromper, que la gloire

T'avait coûté le bras ou la jambe, et qu'au lit

Tu gisais mal soigné, dans un air qui pâlit,

Avec la fièvre, avec... avec la mort peut être ! »

Le soldat étreignit plus fortement cet être

Qui pleurait sur son sort possible et l'embrassa.

« Oui, la gloire, dit-il, je n'estime que ça

Et toi — bien vrai ? — bien vrai. J'ai déja reçu d'elle
Plus que je n'ai donné, tiens, cette bagatelle ;
— Il montra sa blessure encor fraîche à la main —
Aujourd'hui ce n'est rien, oui, tant mieux, mais demain !
Nous aurions pu, dit-elle, avec bien peu de chose,
Dire aux ambitions : allez ! la porte est close ;
Et vivre à deux si bien ! tu sais, notre soleil
Là bas, comme il est beau ! comme il plait au réveil
De la sève des fleurs, d'y marcher sans secousse !
Ou mesurer de l'œil le rejeton qui pousse ;
De s'arrêter au bord de la mer pour juger
Si la voile latine est plus prompte à changer
Que le léger cutter exhubérant de toile.
Un oiseau n'est pas plus gracieux qu'une voile !
Oh ! qu'il est donc cruel de renverser cela,
Pour une ambition que le démon souffla !
Qu'est-ce que nous voulons nous autres ? vivre calmes
Dans notre amour, et fi ! des lauriers et des palmes !
Peut-on se déchirer entre gens, sous le ciel !
Peut-on verser du sang, quand chaque homme a son miel
A tirer du travail journalier pour sa ruche !
J'estime plus la main façonnant une cruche,
Que celle d'un guerrier tuant mille soldats.
Eh ! que m'importe à moi la gloire des combats !
Le père qui guerroie expose sa famille
A manger chez autrui. La débauche est la fille
Du besoin contracté d'être le mieux vêtu ;
Une robe de soie amollit la vertu.

Et puis, qu'ai-je besoin de toutes ces paroles !
Est-ce que les combats ne sont pas choses folles ?
Est-ce qu'il est humain du tuer en un jour
Plus d'hommes que la peste en un sinistre tour ?
Qui le veut ? Qui l'a dit ? Qui vous force à le faire ?
Le monarque ? La loi ? Obéir et se taire ?
Le monarque est un fou si ce n'est un bandit !
Et vous, des idiots, des huîtres !.... Je l'ai dit.
Et pourquoi vous fait-on dormir dans l'eau boueuse
Et manger du cheval ? c'est pour garder la Meuse,
Ou suivre avec le Rhin la route de là mer ?
Eh ! mais, qui veut du bien le paie avec du fer ?
Qui fait cela, chez nous, va pourrir aux galères !
La loi réserve donc pour nous seuls ses colères !
Les princes n'ont-ils pas besoin de s'appuyer
Sur le juste et le bon ? ils peuvent tout brouiller ?
Du reste, je n'entends rien aux choses publiques.
Je ne suis qu'une femme, et les soins politiques
Sont pour l'homme ; mais quoi ! lorsque le feu grisou
Étouffe cent mineurs, et qu'on tire du trou
Leurs cadavres brûlés, le deuil est dans les âmes.
Et lorsqu'un train périt, dévoré par les flammes,
Et qu'une ville voit défiler lentement
Quinze chars bien remplis, immense enterrement,
Le peuple dit : mon Dieu ! quel malheur effroyable !
Et si, dans un combat, une foule incroyable
D'ennemis sont tombés, vite, on entonne un chant :
Triomphe ! l'on s'agite, on raconte en marchant

La valeur des soldats, les détails de la lutte ;
Et, plus le tas des morts fait une haute butte,
Plus on allumera le soir de gais lampions.
Les hommes sont encor de bien féroces pions
Que poussent les joueurs : les princes de la terre.
Qui peut leur faire ainsi l'instinct de la panthère ?
Je ne veux pas poursuivre ici la question ;
J'ai l'esprit chagriné d'une indigestion
De lourds raisonnements, qui me feraient peut être
Maudire les valets et maudire le maître.
D'ailleurs, c'est bien ingrat, et mon ambition
Ne prétend pas voler à la solution.
Je ne suis qu'une femme aimante et bien heureuse
Si je pouvais combler l'abîme qui se creuse
Sous tes pieds chaque jour. Viens, fuyons tous les deux.»
En achevant ces mots, Hélène sur les yeux
D'Armand prit un baiser qui sonna dans la chambre.
La douceur de sa lèvre était comme de l'ambre !
Et grâce à ce baiser, la fin de son discours
Menait à bon chemin par d'habiles détours.
Au mot d'abîme, il eut un sentiment de crainte ;
Fallait-il tout conter ou poursuivre la feinte ?
Heureusement, rien n'est venu jusqu'au dehors
De ce qu'il garde en lui comme de grands trésors.
D'ailleurs, hélène est belle, et son ancien empire
Renaît facilement par l'amour qu'elle inspire.
Comment la regarder sans être enorgueilli
De cet œillet penchant que l'amour a cueilli !

LES DEUX HÉLÈNE

(Épisode de 1870).

POÈME par

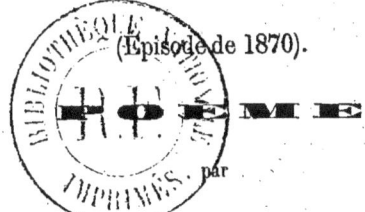

J. M. LE CONDAMNÉ

Corps gracieux et haut, taille extrêmement fine,
Visage pâle et long et bouche purpurine ;
Regard bleuâtre et lent, doux comme du velours,
Et cheveux blonds, soyeux, roulés en brillants tours.
Il vit tous ces attraits, et, mettant un sourire
Sur son visage à lui, qu'un doux visage attire,
Il répondit : « enfant ! ton cœur raisonne seul.
Tu trouves inhumain de mourir sans linceul
Dans un fossé de route ou dans un champ de vignes,
Pour des causes qui sont ou paraissent indignes.
Ton cœur raisonne bien et je dis comme toi :
C'est cruel ! mais qu'y faire ? il faut subir la loi

Que les hommes nous font ou vivre loin des hommes.
Ces idiots, ma chère, ainsi que tu les nommes,
Doivent donner leur vie en échange des biens
Dont la communauté fait jouir tous les siens.
A plus forte raison, moi qui suis militaire,
Et dont le seul devoir est de courir la terre
Avec l'épée en main, je ne puis déserter.
Le rêve de bonheur que tu viens m'apporter,
C'est moi qui le défends, c'est moi qui le fais naître ;
Mais, je ne puis m'asseoir moi-même à ma fenêtre
Et regarder le ciel car, la guerre c'est moi !
— Eh bien, n'en parlons plus ; je me fais comme toi
Quelque chose du camp, je reste avec l'armée. »

Six jours s'etaient passés sans qu'une voix aimée
Fut venue un moment dire : « c'est moi, bonjour. »
Les chevaux s'étonnaient de ne plus faire un tour
Sous les arbres sifflants d'une route connue.
Les soirs étaient bien longs et la chambre était nue
Sans ce regard si doux qu'on rencontrait cent fois.
La mère sommeillait ou remuait le bois
Dans l'âtre rouge ; Hélène apprenait dans son livre
A faire évaluer des soldats. « Est-ce vivre,
Que d'être en ce silence et compter les instants !
Il venait chaque soir, et nos esprits contents
Échangeaient quelques mots où courait notre flamme ;
Du moins, je le croyais ; j'avais jugé son âme

Ivre comme la mienne, et dans ses yeux j'avais
Cru voir la même ardeur que pour lui j'éprouvais.
Et ne me l'a-t-il pas dit lui-même : je t'aime !
Lui, de sa propre voix, avec un charme extrême !
Nous étions sur la route où les arbres neigeux
Joignent leurs bras tremblants, à cheval tous les deux.
Oh ! toujours cet endroit retiendra ma pensée !
Il avait pris ma main et, tendrement pressée,
Ma main laissait monter des effluves d'amour.
Ne pouvant point parler, j'ai voulu par retour
Lui donner un objet parlant pour ma personne ;
Car, moi, j'aurais rougi comme un raisin d'automne
Sous son regard, j'aurais parlé mon cœur entier.
Il ne l'a pas pensé, deviné !... le sentier
Ne bruit pas sous ses pas, la porte reste close....
Oh ! je la pressens bien cette terrible cause !
Dieu juste ! il faut du sang ! il faut beaucoup de sang
Pour laver ce forfait qui gronde en vieillissant,
Barbares !... oui, je n'ai pas mon âme assez pure ;
Armand ne venez plus ; l'ombre la plus obscure
Convient seule à cette âme ; allez, vous, au soleil,
A la joie, à l'amour, tout un monde vermeil.
Mais non, c'est impossible, il n'a pu rien apprendre,
Et s'il n'est pas venu plusieurs fois nous surprendre,
C'est qu'il est alité : sa blessure !... un départ
Peut-être ! et promptement, quoiqu'il fut un peu tard,
Elle appela Brigitte et lui dit : va, cours vite ;
Va chez Monsieur Armand, va, ma chère Brigitte ;

Il doit être malade, et personne n'est là
Pour le soigner. »

        Souvent, il ne tient qu'à cela
D'être ou non fortuné, que l'on ouvre une porte.
Quand Brigitte sonna, la blonde Hélène, forte
D'un amour reconquis, riait avec Armand.
Sur un sopha tous deux assis nonchalemment,
Faisaient une excursion dans le passé qui charme,
Ou rêvaient d'avenir, lourde et dangereuse arme !
Armand vint reconnaître en maugréant la main
Qui sonnait à sa porte : « et pourquoi pas demain !
Il est tard... qu'est-ce donc !... quelle pressante affaire....
Brigitte ?... Ah ! c'est donc vous, Brigitte ? mais, j'espère
Qu'il n'est rien arrivé là bas ? — non Monsieur, non. »
Hélène, en entendant ainsi dire ce nom
Si familièrement, vint près de la personne.
L'intelligente femme, et dévouée, et bonne,
Se sentit tout émue en voyant les beaux yeux
De cette grande dame et son air radieux.
— Elle avait vu jadis se tramer cette chaîne
Qui liait maintenant cet homme et son Hélène ;
Mieux que la jeune fille elle avait deviné —
Et forçant un sourire, elle dit : j'ai sonné
Pour savoir si Monsieur avait quitté la ville,
Le bruit en a couru ; puis, jugeant inutile
Des mots, elle revint tremblante à la maison.

————

LES DEUX HÉLÈNE

(Épisode de 1870).

par

J. M. LE CONDAMNÉ

Chant septième

LE CAPITAINE ORLÉANS

A peine un peu de jour se montre à l'horizon,

Et déjà dans sa tente un officier s'éveille.

Il descend de son lit, saisit une bouteille

Et la verse en entier dans un plat; puis, ayant

Quelque peu découvert un cou lisse et brillant,

Et trempé dans l'eau froide une petite éponge,

Il mouille son visage. Assurément, le songe

Ne sculpterait pas mieux un guerrier de vingt ans.

La barbe n'était pas apparue en son temps,

Car, on cherche à sa lèvre, en vain, la moindre trace,

Et son geste unissait la force à tant de grâce

Qu'on eût dit un archange échappé de l'azur.

Il s'asseoit; et son front subitement obscur,

Tombe dans ses deux mains et penche vers la terre.

Quel est donc ce souci? les calculs de la guerre

Tiennent-ils éveillé ce soldat valeureux

Pendant que tout le camp repose? c'est affreux!

On vient de lui donner cent hommes à conduire.

La gloire des combats sur ses pas daigna luire;

On l'a fait Capitaine, il doit en être fier!

Lieutenant à Longpré, dans la flamme et le fer

Il resta sans bouger, défiant leur tonnerre.

Ses francs-tireurs cloués, enchaînés à la terre

Qu'ils avaient mission de garder, firent tant

Que le soir, quelle joie! un succès éclatant

Les payait largement de toutes leurs fatigues.

Cent Toulonnais, cent blocs dont on mure les digues,

Ont subi ce torrent de casques acérés.

Ces jeunes combattants, coude à coude serrés,

Devaient sauver l'armée en gardant un village.

Le Général en chef, comptant sur leur courage,

Avait dit : « tenez bon ! » ils avaient bien tenu

Mais, dans le camp, leur chef n'était pas revenu :

Une balle prussienne avait troué son crâne

Bien au milieu du front. Comme la mort nous glane

En ces sinistres jours où l'homme arme son bras!

Le Lieutenant fut fait Capitaine; non pas

Qu'il eut ambitionné ce grade ni quelqu'autre ;

Il vivait à l'écart, sobre comme un apôtre,

Ne disant jamais rien, et quand l'heure venait
De marcher, nuit ou jour, nul ne le surprenait
Se plaignant du danger, du froid, de la fatigue.
Son nom, nom supposé, semblait être une intrigue :
Capitaine Orléans. Plusieurs fois les soldats
L'avaient entendu dire au milieu des combats,
Alors que la mêlée était chaude et fumante :
« Orléans ! Orléans ! » et sa troupe commente
Plusieurs faits glorieux accomplis de sa main.
Aussi, l'a-t-on poussé sur un glissant chemin :
Capitaine ! on l'a fait Capitaine ! la charge
Est lourde pour sa tête. Un pareil rôle est large !
Mourir ! rayonne au bout. Et cependant, ce mot
Qui sur notre océan trouble le matelot,
N'est pas ce qui l'occupe en ce moment.

Peut-être

Vingt minutes ou trente ont passé sans paraître,
Depuis que le songeur monte son escalier,
Lorsqu'il entend un nom. Ainsi le cavalier,
Errant par une nuit dans une steppe immense,
Ne sachant si le sol finit ou recommence,
Découvre une lumière. A peine cette voix
A-t-elle prononcé ce doux nom d'autrefois,
Que de toute sa force il écoute ; il lui semble
Que la voix et le nom se sont trouvés ensemble
Jadis, en des instants pleins de félicité.
Mais, n'est ce point un songe où l'esprit est monté ?

Un bruit du camp voisin que son âme transforme?

Le même nom revient distinct, timide, énorme

De bonheur contenu; lui, se levant alors,

Entr'ouvre sa demeure et se montre dehors.

Un jeune Colonel vole et se précipite....

« Enfin, je vous revois! » — mais quoi! quand on se quitte

Ou que l'on se retrouve après un simple jour,

On se donne la main, comme heureux du retour,

Et maintenant tous deux restent les mains pendantes?

Ce silence s'emplit de menaces grondantes.

Enfin, le Colonel dit ces mots : « quand j'ai su

Que vous étiez ici, mon cœur s'est aperçu

Qu'il ne peut oublier qu'en s'arrêtant de battre.

J'ai veillé cette nuit, et dès qu'un ton d'albâtre

A monté dans le ciel, je suis venu vers vous.

Me voilà; fais-je mal? je mouille les cailloux.

— Et votre amante? — Hélène ! épargnez-moi; ma faute

Fut de laisser la nuit sur un lien qui m'ôte

Le droit d'aimer ailleurs qu'en mon humble foyer.

Oui, je suis marié; mais quoi ! je vois briller

Des larmes dans vos yeux ! vous pleurez chère Hélène !

Oh ! que mon âme aussi de souffrances est pleine !

Je passais dans la rue, indifférent, et Dieu

Qui trace nos chemins et qui se fait un jeu

Peut-être de nos pleurs, me fit vous voir une heure.

Je vous trouvai bien belle; et de votre demeure

M'éloignant par devoir, je crus l'amour fini.

Mais, deux fois, le destin m'a de nouveau fourni

LES DEUX HÉLÈNE

(Épisode de 1870).

POÈME

par

J. M. LE CONDAMNÉ

Votre chère présence ; il semble qu'au ciel même
On ait voulu cela, je vous aime ! je t'aime ! »
Et tout en discourant, Armand a mis sa main
Sur la taille d'Hélène, et l'humide chemin
Qui descend sur sa joue est séché de ses larmes.
« Je n'ai plus qu'à mourir, dit-elle, sous ces armes !
Vivre loin de vos yeux, je viens de l'éprouver,
Est trop dur pour mon cœur. Je ne puis retrouver
Du calme qu'au milieu de tous ces bruits de guerre,
En fatigant mon corps, en piétinant la terre ;
Et pour ma tête en feu, j'ai la fraîcheur du vent
Qui coudoya la neige et pleure en se levant.

J'ai la France aussi bien que souillent les Vandales !
— Enfant, reprit Armand, les combats sont trop sales
De sang et de colère, ils sont trop noirs pour vous.
Et d'ailleurs, votre bras peut manquer de courroux :
Vous êtes femme et faible, et les rudes journées
Que comptent les soldats, ne sont point ordonnées
A celles dont la place est de coudre au foyer.
C'est à nous que la dette incombe, il faut payer.
Ah ! si tous nous payions ! mais, que doit-on attendre
D'un peuple qui ne sait rien donner mais tout vendre !
La patrie ! est-ce un mot qui réveille nos cœurs ?
Un poète a jeté des chants remplis d'ardeurs ;
Il a saisi son luth aux accents métalliques,
Et les hommes ont dit du fond de leurs boutiques :
« C'est beau ! » mais dans l'armée en est-il accouru ?
Moi-même, s'il fallait sur ce feu disparu
M'interroger ici, je craindrais la réponse.
Eh bien, cher Capitaine, une affaire s'annonce
Pour demain, quittez-nous, quittez-nous sans regrets ;
Laissez-là ces habits, pourtant si bien coquets,
Et retournez à Blois, c'est là qu'est votre place.
Allez revoir l'endroit qui garde encor la trace
Des pieds de nos chevaux, quand je vous pris la main.
Allez-y sans retard, Hélène, car demain.... »
Tous deux s'étaient assis sur le lit de campagne.
Comme une nue errant sur un pic de montagne,
L'œil d'Hélène effleurait l'espace sans rien voir.
Au mot : « demain » tournant son vaste regard noir,

Elle dit : « quoi, demain ? — demain, c'est la bataille,

C'est-à-dire la mort, si la fureur qui taille,

Brûle et dévaste tout, ne pousse nos soldats.

L'ennemi s'est montré supérieur aux combats,

Et je crains pour la mort; non, ce n'est pas la crainte,

C'est l'attente ! — à présent, j'ai sauté dans l'enceinte,

Le taureau va venir, dit-elle, il est trop tard.

Je n'ai contre la mort certaine, qu'un hasard;

Je laisserai ma vie aux cornes de la bête,

Peu m'importe, pourvu que j'aie au moins la fête

De savoir ma vengeance indomptable en travail.

Orléans ! que ce mot soit un épouvantail

Pour eux, comme pour moi c'est un souvenir sombre !

J'en ai déja poussé vers le séjour de l'ombre,

Et d'autres y viendront, traversés par mon fer.

Ils ne paieront jamais assez pour tout l'enfer

Où l'un d'eux m'a plongée ! il faut que sur mes armes

Je jette autant d'éclat qu'ils m'ont volé de larmes !

En terminant ma vie, il me faut un manteau

De neige pour couvrir cette aile de corbeau !

Ma gloire y suffira, je reste ! » la parole

D'Hélène est frémissante, et, la main sur l'épaule,

Armand l'attire à lui, la presse doucement.

La joue est à deux doigts des lèvres de l'amant.

« La gloire, répond-il, est une belle chose!

J'en ai longtemps rêvé. La bouche qui dispose

De l'antique trompette aux sons victorieux,

Dira mon nom peut-être; eh bien, quand sous les cieux

De l'univers entier et jusqu'au fond des grottes,

Elle étendrait mon nom, j'ai des douceurs plus hautes :

Je préfère cette heure où je puis vous aimer.

L'ennemi serait là, que mon bras pour s'armer

Ne se lèverait pas, car, ce bras nous attache.

Dieu saint ! je porterais ma tête sous la hâche

Pour un baiser de vous ! Hélène, sur mon cœur

Mettez la main ; il bat, il verse de bonheur ;

Demain, quand le soleil aura fermé ses portes,

Ma pauvre chair n'aura de bruits d'aucunes sortes ;

Mes yeux ne verront plus. Quand même vous viendriez

Tout aussi près de moi qu'aujourd'hui, vous n'auriez

Ni regard, ni parole, et rien dans ma poitrine.

Vous-même, pourrez-vous par l'amour qui devine,

Trouver mon corps sanglant et meurtri dans un coin ?

Votre haine peut bien vous conduire si loin

Que jamais le soleil ne chaufferait vos membres !

Mais, laissons ces mots durs ; au milieu des décembres

Il nous vient un rayon, nos âmes y sont bien ;

Aimer ! hors ce mot-là, tout, s'exprime par rien. »

— La lèvre s'approcha de la joue empourprée,

La main fut, dans la main, passionnément serrée ;

Un frisson s'éleva dans la chair, et la voix

D'Hélène murmura : Je t'aime mille fois ! ....

Soudain, comme piquée au pied par un reptile,

Elle brisa d'un bond l'enveloppe subtile

De ce puissant amour et sortit en courant.

Tel, un corps flottant, fuit poussé par le courant,

LES DEUX HÉLÈNE

(Épisode de 1870).

POÈME

par

J. M. LE CONDAMNÉ

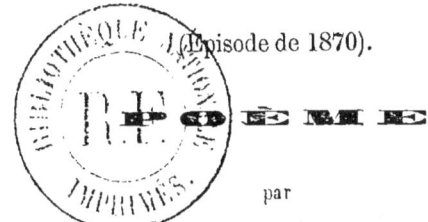

———❦◦◯◦❦———

Quand l'arbre ou le caillou qui l'arrêtait chancelle.
Tel fuit, au fond d'un bois, le daim ou la gazelle
Qui vient d'apercevoir la meute du chasseur.
Il est certains poisons dont on fuit la douceur....

Lorsqu'Armand s'éloigna de la tente d'Hélène,
On dormait dans le camp. Le jour venait à peine
Éclairer tristement les tentes des soldats;
Ils dormaient; le repos précède les combats.
Il ne vit pas sa femme épiant sa sortie,
Et derrière une toile immobile et blottie

Comme un renard qui guette une proie, et plus loin,
Un matelot allant et venant; son seul soin,
Depuis plusieurs moments, est de fumer des pipes,
Et sur cela, le camp donne de bon principes.
Lorsqu'Armand fut parti, la femme avec la main
Fit signe au matelot qui brûla le chemin.
« Partez, Monsieur Timon, lui dit-elle, je reste;
J'ai quelque chose à voir. Puis, indiquant du geste :
C'est là qu'est l'ennemi, n'est-ce pas? — oui — c'est bien.
Puis, quand Timon fut loin, elle dit : tout ou rien!
Dieu, donnez à mon cœur la force de cet acte!
Il vient de le signer lui-même ici ce pacte :
Elle mourra! » nouant ensuite son brassart,
(Genève eut cette idée) elle marche au hazard
Vers le point qu'indiqua son geste tout-à-l'heure.

Chant huitième

LE COMBAT

La lyre chante encor et le poète pleure!
La nuit régnait toujours, et sous le firmament,
Un nuage ventru s'essuyait lourdement.
L'immense voûte grise en gardait un ton sale.
L'armée entière, prête, attend qu'on lui signale

Le moment de la lutte et fouille l'ombre au loin.

Pas un abri dressé; les toiles avec soin

Sont mises sur les sacs, ainsi que les marmites.

A quel endroit ce soir refera-t-on les gîtes ?

Les officiers ont dit aux hommes « soyez prêts »

Et les hommes sont là, résolus et discrets,

Fumant ou causant bas ; ils sentent que l'armée

Qu'il faut détruire est là ; la foudre est allumée !

— Nos soldats occupaient à peu près le terrain

Qui commence à Montoire et, suivant le chemin,

Finit à Saint-Amand, non loin d'Huisseau, village.

Comme le forgeron soumet au martelage

Le fer incandescent, ainsi le général

Tord puissamment l'armée entière son métal.

L'aile gauche appuyée aux maisons de Montoire,

La droite à Saint-Amand ; O beaux jours de la foire !

Le centre les unit, en laissant devant lui

Passer le grand chemin, d'où le roulier a fui.

A l'aile droite, on voit de la cavalerie :

Des chasseurs dont l'Afrique a pu voir la furie ;

Puis les cent Toulonnais, sous l'œil du jeune chef

Qui s'acquit à Longpré son glorieux relief.

Vingt têtes d'Allemands ont payé ce haut grade,

Et d'autres corps sanglants élèveront l'estrade

Où sa vengeance aura des serres de vautours.

Puis viennent des marins aux terribles discours :

C'est la hâche qui parle, ainsi qu'ils ont coutume

De faire en pleine mer sur un pont plein d'écume.

Ils taillent dans la chair comme on coupe du bois.
Puis, deux mille soldats de la ligne, en tout trois
Bataillons y compris les marins, rudes hommes !
Armand fera jaillir de ces éparses sommes
Un total d'héroïsme et de gloire, cité.
Car, aux bruits des combats, son courage excité
Ne voudrait pas comprendre un pas fait en arrière.
L'orgueil du nom français lui fait une barrière
Qui le suit pas à pas derrière son cheval.
Tant qu'il sera le chef, ses soldats feraient mal
De reculer d'un pouce, il les tuerait sur place.
Puis, des canons, ayant la mort dans la culasse,
Sont là tout attelés ; les mèches sont en feu.
Puis, enfin, des fusils, du rouge avec du bleu,
Des chasseurs, des turcos, des goums et des zouaves,
Des hommes, des chevaux, semblables aux épaves
Qui flottent sur la mer quand les vents ont cessé.
Que d'hommes, O mon Dieu ! sur ce terrain froissé !
Dans ces champs que jadis entamait la charrue !
Ce lieu paisible a vu, plus que dans une rue
De grande capitale en un jour de gala,
Des hommes l'envahir ; ces hommes les voilà,
C'est l'armée ! un seul mot a rempli les gibernes.
Ils vont, avec du plomb, jouer de sanglants ternes.
Ils sont prêts. Les Prussiens, conduits par Frédéric,
S'avancent comme un mont soulevé par un cric.
On sait qu'ils sont puissants, nombreux, savants, habiles,
Et pourtant, nos soldats les attendent tranquilles.

LES DEUX HÉLÈNE

(Épisode de 1870).

POÈME

par

J. M. LE CONDAMNÉ

7041   Toulon. Imp. et lith F. ROBERT.

La chance va tourner, pensent-ils, c'est à nous
De gagner cette fois, ou manger nos genoux !
On les a signalés; et pendant ce silence
Qui précède la foudre et son éclat immense,
Il est plus d'un soldat qui songe à son pays,
A son père, à deux yeux que les pleurs ont rougis.
Ils ont dit : au revoir ! et la terre, peut–être,
Couvrira leur regard d'une nuit sans fenêtre.
Armand passe à cheval devant les rangs et dit :
« Mes soldats, mes amis, à ce bruit qui grandit,
Vous devinez qu'ils sont là presque sous nos balles.
Visez bien ! je permets à vos fronts d'être pâles,

Mais je veux que vos pieds ne marchent qu'en avant.
Vous avez ce qu'il faut ; c'est en vous en servant
Que vous contenterez la Patrie et vos gloires.
Donnez-moi seulement... seulement deux victoires,
Et je vous jure ici que vingt autres suivront.
Les prussiens orgueilleux, sur nos champs tomberont
Par milliers. Soyez donc ce que toujours vous fûtes.
Nos pères, en chantant, soutinrent d'autres luttes !
Quand nous aurons fini cette affaire de rien,
Je vous embrasserai tous ; est-ce dit ? c'est bien. »

Hélène, en franc-tireur, était plus gracieuse
Que sous l'habit de femme. Une large vareuse
Brune, en drap très-épais, la garantit du froid ;
Une autre est par dessous mais, à tour plus étroit.
Si l'on pouvait la voir ainsi, quel riche buste !
Bien qu'il ne soit serré que ce qu'il faut tout juste
Pour que le ceinturon s'attache bien au corps.
Un sabre est à sa hanche, à l'aise, sans efforts ;
Depuis près d'un long mois elle fait cette étude.
Des guêtres laissent voir avec exactitude
Le galbe du mollet, digne de l'art ancien ;
Dans des souliers à clous son petit pied est bien ;
Sa coiffure est aussi pittoresque que chaude :
Le béret, familier dans la Garonne et l'Aude ;
Ses cheveux noirs, roulés, y sont tous contenus.
Il faut plusieurs regards longuement soutenus

Pour voir sous ces habits la femme, l'héroïne.

Sa taille est un peu brève et l'on doit, j'imagine,

La croire un échappé des dortoirs de Saint-Cyr.

En ce moment, ses traits paraissent s'obscurcir :

Elle vient de trouver une étrange figure

Parmi les siens. Deux yeux, injectés de luxure,

S'attachent sur ses yeux comme la flamme au feu.

Quel est donc ce regard qu'elle connaît si peu ?

Quelle est donc cette face ?... elle allait pour l'apprendre,

Lorsqu'Armand, à cheval, s'approcha pour lui tendre

Une dernière fois la main. « Dans un moment,

Dit-il, on se battra ; le moindre évènement,

Peut nous jeter bien loin, pour toujours, l'un de l'autre.

Mourir, m'importe peu, ma pensée est la vôtre ;

Mais, nous pouvons rester de ce monde, qui sait ?

Dieu peut vouloir la fin de ce qui commençait,

Car, il serait cruel qu'il nous ôtât la vie

Quand nous touchons le seuil d'une sphère ravie ;

Quand déjà, j'ai volé tout imprégné d'azur,

Avec votre âme sur mes ailes d'un blanc pur.

Ce serait là, mourir au milieu de l'immense,

Ne sachant que l'endroit où l'infini commence.

— Nous sommes au sommet, reprit-elle, mourir

Est meilleur, croyez-moi, que descendre et souffrir.

Quel rêve plein d'attraits ! la mort dans la bataille !

Au moment où l'azur de notre amour s'éraille.

Voir la coupe remplie et partir sans savoir

Que la liqueur est fade et que le fond est noir ;

Je l'espère..... tenez, écoutez vers la plaine...

Ce sont les prussiens, les hommes de ma haine !

Et vers une ambulance, en élevant le doigt

Elle dit : et j'ai là quelqu'un qui ne me doit

Souhaiter aucun bien. Adieu, voici l'armée.

Armand serra sa main : adieu ma bien aimée ! »

— L'autre Hélène, de loin, avait vu ces adieux

Et prononcé tout bas quelques mots odieux.

Cependant, quoiqu'au ciel l'azur fut resté sombre,

On commençait à voir les Allemands en nombre,

Se dirigeant surtout vers le centre Français.

Nos soldats attendaient qu'on leur dît : Commencez !

Ils avaient froid hélas ! et le combat réchauffe;

La colère vaut mieux sur le corps qu'une étoffe.

Enfin, des coups de feu partent des rangs prussiens;

Ils approchent toujours, débutant par des riens.

Nos soldats, l'arme au pied, attendent toujours l'ordre

De répondre à leur feu. Le plomb commence à mordre.

Le sang frappe les murs de sa mince prison.

Quelques-uns sont tombés et, comme un noir poison,

La vengeance remue aux cœurs de ceux qui restent.

Jésus ! ces hommes-là maintenant se détestent !

Ils sont à cinq cents pas ; on distingue leurs traits ;

Plusieurs, dans d'autres temps, se disaient leurs secrets

Tout bas, en se serrant la main. Dans le silence,

La voix des officiers mâle et forte s'élance :

LES DEUX HÉLÈNE

(Épisode de 1870).

POÈME

par

J. M. LE CONDAMNÉ

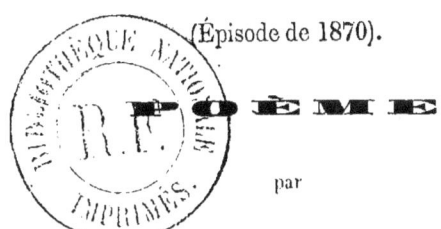

Peloton, armes ! — joue ! — une vague de fer

Monte luisante — feu ! — puissance de l'enfer !

Vois ton œuvre ! là-bas, cent allemands se couchent

Pour dormir à jamais dans les sillons qu'ils bouchent.

L'anéantissement commence ; ce n'est plus

Des hommes, des soldats à mourir résolus,

Mais des bêtes, des loups, des lions en colère,

Ivres de sang. Au centre, où l'ennemi préfère

Porter ses rudes coups, on trouve les Turcos.

Leurs pieds voudraient bondir — comme font les échos,

De vallon en vallon — jusqu'au front de l'armée,

Pour tailler ces soldats à l'âme inanimée,

Dont les canons d'acier rougissent à tirer.

Ils n'attendent qu'un mot pour mordre et déchirer ;

Mais, le Général veut faire une autre manœuvre.

Hélène, en se glissant ainsi qu'une couleuvre,

A travers les soldats de Frédéric, parvint

Jusqu'au superbe chef comptant ses fiefs par vingt.

Elle parla. Vois donc, amour, ton œuvre encore !

Sa pensée acceptait l'action qui déshonore :

La trahison ! mais tout, hormis l'amour d'Armand

Pour cette aventurière en quête d'un amant.

Qu'est-ce donc tant, d'ailleurs, que condamner cent hommes

Et leur chef ? — quand la femme eut exposé les sommes

Que l'ennemi voulait connaître pour lutter ;

Quand un major adroit en vint à supputer

Le nombre de soldats, de canons, de cartouches,

On lui dit : « C'est assez ; nous remplirons les bouches

Avec le froid silence et la terre des champs.

Dieu combat devant nous, périssent les méchants ! »

Hélène répéta sur le seuil de la porte

Ces deux mots, au major : leur chef !

Une cohorte

Distraite de l'armée, attendait sous un bois

L'ordre de Frédéric — le général des rois,

Le roi des généraux — pour gagner la bataille.

Ce bois, où les peupliers montrent leur grande taille,

Voyait des Allemands attentifs et muets;
Tous les bruits des fusils, ces terribles jouets,
Arrivaient jusque là, franchissant quelques lieues.
Nul n'avait aperçu toutes ces vestes bleues
Se mouvant dans la nuit, lentement, à coup sûr,
Comme les carnassiers affamés, dans l'obscur.
Ce bois est au Sud-Est de Saint-Amand; en sorte
Que dans une heure ou deux, un ordre qu'on apporte
Pour marcher, équivaut au plus certain succès.
Ils sont là bien nombreux, l'un sur l'autre entassés,
Et solides ainsi qu'une cotte-de-mailles;
Prêts à tout pour saisir le fruit dûr des batailles;
Silencieux, ardents....

                    Cependant, les Turcos
Attaqués durement, résistent en héros.
Le Général ordonne à toute l'aile droite
De marcher vers Huisseau. C'est ainsi qu'on exploite
Les fautes d'un joueur imprudent ou distrait.
Les Prussiens avaient cru que le centre plierait,
Et bientôt ils plieront, eux, serrés dans notre angle.
Frédéric sent déjà que notre fer l'étrangle,
Et son armée, enfin, recule vers le Loir.
Armand et ses soldats s'avancent, croyant voir
La victoire planer au dessus de leurs têtes.
Les provençaux d'Hélène assistent à des fêtes,
Paraît-il, ils ont pris le village d'Huisseau
Et marchent en chantant; combattre ainsi, c'est beau!

Hélène, l'arme au poing, les guide avec courage,
Écrasant en chemin quelque pâle visage,
Tombé pour la Patrie !

                Ainsi que l'a pensé
Le Général en chef, le destin s'est lassé :
L'ennemi, maintenant, suit sa marche en arrière ;
Il faudrait le contraindre à passer la rivière,
Ou l'y précipiter, ce serait merveilleux !
Le Loir n'est pas bien loin, mais, l'eau tombe des cieux
Depuis quelques instants, froide, large et bruyante.
La terre ne peut plus supporter une jante,
Ni le sabot puissant d'un cheval sans céder.
Elle alourdit les pieds au lieu de les aider.
Puis ce sont des ruisseaux d'une eau vive et jaunâtre
Qu'il faut passer, sans voir l'espérance d'un âtre.
L'eau ruisselle partout ; sur le drap, sur les mains,
Sur le corps des soldats, comme sur les chemins.
Le ciel est noir. Soudain, vers Saint-Amand, s'élève
Un long sillon de feu qu'un éclat rouge achève ;
Et, comme si c'était un signal attendu,
L'ennemi, qui pliait comme un roseau fendu,
Attaqua vivement l'aile droite et le centre.
Le choc fut bien reçu ; mais, l'acier, de son ventre,
Projetait tant de fer, qu'il fallut revenir
S'appuyer sur Huisseau. Comment va-t-on finir !
On lutte sur ce point contre un ennemi double.
Par un calcul terrible, et dont l'esprit se trouble,

LES DEUX HÉLÈNE

(Épisode de 1870).

POÈME

par

J. M. LE CONDAMNÉ

Frédéric avait fait sortir ses gens du bois,

Et les deux ennemis arrivaient à la fois.

Les matelots d'Armand rugissaient de colère ;

Ils voulaient s'élancer à la hache, et se faire

Un passage à tout prix, sur les corps des prussiens.

Et, profitant alors de la rage des siens,

Armand crie : « en avant ! » et se jette lui-même

A cheval dans les rangs ; son audace est extrème.

Les balles, en sifflant, passent autour de lui ;

« Bah ! ce sont des chansons splendides aujourd'hui !

Sifflez, sifflez toujours, j'aime ces bruits de guerre »

Et son sabre taillait de la chair pour la terre.

7080 Toulon. Imp. et lith F. Robert.

Ses compagnons, poussés par un fier désespoir,

Font éjucler le sang comme en un abattoir.

Cinq ou six cents soldats ennemis sont, sanş vie,

Étendus sous les pieds des marins en furie.

Un cri, de temps en temps, s'échappe dans le bruit;

C'est un blessé qui geint sous un mort qui le suit.

Les clous de leurs souliers sur les ventres s'impriment;

Ils courent sur des fronts où des douleurs s'expriment;

Ils arrachent des yeux, sans dessein, sans savoir,

En luttant corps à corps, le gris avec le noir.

Et la pluie emplira tout-à-l'heure ce vide...

Et le ciel s'y verra!... La bouche encore avide

Des cadavres couchés, aussi s'emplira d'eau,

Et versera des bords comme un sanglant ruisseau.

Le fer touche le fer, la colère s'exhale

En blasphèmes couvrant l'effort obscur du râle.

On lutte de couché, d'assis, sur les genoux;

Des bras presque épuisés font encor d'affreux trous.

Et le vainqueur lui-même — héroïque manœuvre —

En retirant son fer expire sur son œuvre.

Armand s'est élancé dans la mêlée; autour

De lui vingt ennemis trouvent leur dernier jour.

Son cheval écumant bondit, pris dans un cercle

Dont les fers convergents font le fatal couvercle.

C'est ici mon tombeau, pense-t-il, mais, frappant

D'un bras fort sur ce mur humain et le rompant,

Il allait s'échapper, trop glorieux athlète

Dont la valeur aux jours d'Iéna se reflète,

Mais, soudain, son cheval piqué sous le poitrail

Se renverse, achevant ainsi son triste bail.

Le Colonel aussi reçoit une blessure

A la cuisse ; pourtant, sa main n'est pas moins sûre

Ni moins terrible : il tue à chaque coup de fer.

Mais, les allemands, flots de cette sombre mer,

Vont couvrir ce soldat de leur puante écume,

Quand soudain, sur leur tête, épouvantable enclume,

Des crosses de fusils s'abattent lourdement.

C'est Timon qui conduit dix marins. Un moment

Leur suffit pour briser ces stupides colères.

— Hélène a dit aussi : « secouez vos crinières

Mes lions du midi ! terrassez et mordez !

A l'acier de vos dents, ce soir vous entendez,

Je veux voir des lambeaux de la chair Allemande »

Et les bérets s'en vont, à la voix qui commande,

Comme un fleuve en Septembre, et leurs coups sont nombreux

Hélène fait son œuvre en jeune et vaillant preux ;

Elle ne compte plus les têtes entamées ;

Elle frappe à deux mains ; ses haines affamées

Veulent du sang, toujours, encor, jusqu'à la fin.

« Orléans ! Orléans ! » quel fléau ! quelle faim !

Ses hommes l'imitaient ; mais, une batterie,

Dominant tout au long cette sainte furie,

Fait tomber dans leurs rangs du fer tout enflammé.

Puis, la voix d'un soldat.... non, d'un monstre innommé !

Jette ces mots, signal d'une douleur immense :

« Sauve qui peut ! » le trouble à ce moment commence ;

Chacun croit la victoire avec les prussiens.

Hélène, dans Huisseau, s'enferme avec les siens ;

Armand s'y laisse aller.... De toutes les fenêtres,

On lance mille morts à plus de cinq mille êtres.

Aux passages, l'on met des pierres, des canons,

Des poutres, des volets arrachés des maisons ;

Tous sont prêts à mourir, mais non pas sans combattre.

Le ciel lui-même, veut, par sa pluie opiniâtre,

Tombant droite et serrée, exciter leur courroux.

Devant une fenêtre, Hélène est à genoux ;

Son regard, par dessus l'appui, plonge et se guide,

Et ses coups ne vont pas aboutir dans le vide.

Vingt officiers, déjà, sont tombés, sans savoir

Que le doigt d'une femme épanche leur sang noir.

Orléans ! criait-elle après chaque cadavre.

Mais, le destin poussait sa voile vers un hâvre

Où la paix l'attendait, mais, non pas sans dégoût.

Elle visait un sein qu'on n'eut pas vu debout,

Quand, soudain, sous ses bras, deux bras rudes s'enlacent.

On la porte ; elle entend ces paroles qui glacent :

« Allons, ma belle brune, il faut s'exécuter ;

Sois à moi, puis, je pars. » mais elle veut lutter ;

Son béret, tout mouillé, glisse, et sa chevelure

Déroule ses anneaux jusque sur sa ceinture.

Elle jette ce cri comme un dernier appel :

Armand ! — mais au moment de toucher à l'autel,

Quand la lutte a brisé les forces de la femme,

Quand la bouche impudique offre un baiser infame,

LES DEUX HÉLÈNE

(Épisode de 1870).

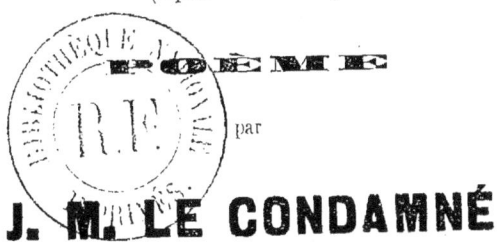

par

J. M. LE CONDAMNÉ

7091. Toulon. Imp. et lib. F. ROBERT.

L'homme sent tout-à-coup sa victime glisser

De l'étau de ses bras : on vient de la blesser.

Sa voix, faible déjà, prononce ces paroles :

« Va, prends-moi si mon corps te séduit... pour ces rôles

Ta conscience est faite.... encor ce crime.... chien !

La Prusse est ton pays.... Oh! je le savais bien !...

La balle d'un côté.... de l'autre.... l'infamie....

Prends donc.. va.. tu n'auras qu'une haine.... endormie.

Armand, le sabre au poing, s'élance ; mais, ses yeux

Rencontrent un cadavre, aux longs et noirs cheveux.

Couché sur le parquet. Hélène ! Dieu ! c'est elle....
Hélas ! hélas !... — Alors, comme si la grande aile
Sinistre de la mort en passant l'eût touché,
Il s'affaissa sans vie et demeura couché
Près du corps qui reçut sa douloureuse larme.
Une balle ennemie, et due à la même arme
Peut-être a pénétré dans ce logis-tombeau
Et l'a frappé. Tous deux, sur le même carreau,
Ont confondu leur sang dont la tache les baigne ;
Sur un cœur insensible un front livide saigne.
Si la mort n'éteint pas soudainement les bruits,
Ils se sont attendus à la porte des nuits.

Au dehors, les fusils continuent leurs merveilles.
Les obus ont percé quelques toitures vieilles,
Abattu des maisons, détruit des pans de murs,
Et la pluie, elle aussi, n'a pas les coups moins durs.
Nos soldats ne pourront pas tenir plus d'une heure ;
Le cercle d'ennemis les serre dans son leurre ;
Ils tombent écrasés sur vingt points à la fois !

Cependant, pour sauver ces héros de leurs doigts,

Le Général a pris, parmi son aile gauche,
Des chasseurs, des husssards, des spahis, — brûle ou
[fauche ! —
Ils viennent au galop, et fondent, sabre en l'air,
Sur ce tas d'Allemands puissants avec du fer.
Le village d'Huisseau, par cette attaque prompte
Est débloqué. Pendant que l'ennemi remonte,
La retraite s'opère, et la nuit nous permet
De mesurer l'abîme où la guerre nous met.
On compte les absents.... malheureuse journée !

Une heure après, autour de l'aire abandonnée
Où tant d'hommes avaient péri, trois femmes sont.
L'émotion au cœur, le souci dans le front,
Elles vont lentement, portant une lanterne
Dont la clarté demande un nom à chaque œil terne.
Leur corps, souvent déjà, vers le sol s'est penché,
Et toujours elles vont. Celui qui s'est couché
Sur cette terre humide et sanglante et glacée,
N'entend plus nulle voix, ou vibrante ou cassée !
Elles vont, sans parler, vers un horizon noir,
Et dérangent parfois des cadavres pour voir....

Hélène, à mille pas de la vieille Brigitte
Et de la pauvre mère, âme en deuil qui s'agite !
Interroge les corps ; mais, par les deux chemins
Qu'elles suivent, bientôt se toucheront leurs mains....

Pleurez ! la guerre a fait le vide dans vos âmes !
Brillez nuits sans clarté ! voguez barques sans rames !
La guerre a déchiré vos cœurs à pleines dents.
Pleurez ! les souverains ont des rires stridents !

FIN.

www.ingramcontent.com/pod-product-compliance
Lightning Source LLC
Chambersburg PA
CBHW071112260626
47162CB00006B/2295